捨てられエルフさんは世界で一番強くて可愛い！

月夜 涙　illust にじまあるく

The Abandoned Elf is the strongest and cutest in the world!

「このゲームは実在する異世界
転生し世界を救えば、
どんな願いも叶えましょう」

きらきらの世界
「声優に戻れるなら……
世界だって救ってみせる」

「ねえ、私たちが組んで、
勝てないなんてありえる？
副ギルマス」
元声優ハイエルフ✦アヤノ
「むぅ！」
セカイ系ヒロイン✦ホムラ

「ありえないね、ギルマス」
大国の王子✦キヨミン
「切り込み役の俺を忘れんなよ！」
個人戦最強✦マッゴウ

「炎（ほむら）の巫女は神のものだ。
エルフ風情が触れるな」

「やだね。私はホムラちゃんを抱きしめる！」
「英雄たる力を、かつての最強をここに……
ブレイヴシステム起動。
チョイス。スノー・ホワイト」

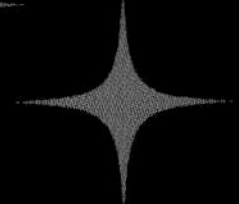

contents

Illust / にじまあるく　Design / モンマ蚕+タドコロユイ(ムシカゴグラフィクス)

捨てられエルフさんは世界で一番強くて可愛い！

月夜　涙

角川スニーカー文庫

24150

プロローグ✦知ってる？　エルフって千尋の谷に子供を捨てるんだ

私は引きこもりだ。昔は声優なんてやっていたけど炎上して干された。それ以来、部屋に引きこもってゲームばかりしている。

ゲームの世界に浸っていると嫌なことを全部忘れられた。もっとも現実逃避だけが理由じゃないけど。

ピコンッ

「SNSにヴァルハラ公式から？　なに、これ」

「ヴァルハラオンライン運営です。ランキング三百位までのプレイヤー限定配信」

ビデオメールでは白い髪、白い肌、白い服の神秘的な美女が微笑(ほほえ)んでいた。よく見知った顔だ。女神様と呼ばれている。

ヴァルハラオンライン。

今、私がやり込んでいるゲーム。いわゆるファンタジーなオンラインアクションRPG。

三年前に発売されたばかりでPC専用、VRゴーグル必須の月額課金制。この時代にそんなの絶対売れるわけがないだろう……って感じでバカにされていた。

しかし、「かつてMMORPGを愛した人に」というキャッチコピー、それを裏切らないクオリティ、圧倒的なまでに優れたVR技術のおかげで爆発的にヒットしていた。

「ヴァルハラは実在し、滅び行く異世界です。ヴァルハラオンラインを知り尽くした皆様……どうか転生し本物のヴァルハラを救ってください」

「へえ、手が込んだイベント」

女神が微笑み、両手を広げる。

「ヴァルハラに転生して、世界を救いますか？　YES／NO」

左右の手には、YESとNO、それぞれが書かれた宝玉があった。

「転生か、真面目に考えると割に合わないよね」

ファンタジーな世界への憧れはあるけど、不便だろうし、後悔するのが目に見えてる。

「注意点が二つあります。一つ、死ねば終わりです。死ねば元の世界に戻り、二度と本物のヴァルハラに行けなくなります」

「くそゲーかな？」

一度も死ねないMMOって何？　基本、MMOって死に覚えゲーなのに。

「二つ、世界を救えばご褒美があります。ヴァルハラの世界に永住するか、元の世界に戻り願いを一つ叶えるかを選べます」

「はいはい、そういう設定ね。でも、それが本当なら……」

もし願いが叶うのなら、叶えられるのなら……やり直したい。

炎上事件をなかったことにしたい。

あの輝いていた頃に、幼い頃から夢見て、ようやくつかんだきらきらした舞台に戻りたい。

だから私は……。

>>YES

信じてないけど、期待はしてしまった。願いが叶うなら世界ぐらい救ってみせる。

「あなたは世界の救済を選びました。三百人の勇者たちよ。どうかヴァルハラを救ってください」

YESを選んだとたん意識が遠のく。

あれ、目の前がまっくらに。

体の感覚まで消えていって……。暗い世界、現実とは思えない浮遊感。

えっ、なにこれ。

脳に直接声が。

やばい、怖い。

【システムメッセージ：転生する種族を選んでください】

えっ、種族を選べって？

ヴァルハラオンラインだと最初に四種族の中から選ぶ。

人間、妖精、獣人、鬼人。

それぞれ万能型、魔法特化型、筋力・速度特化型、筋力・耐久特化型という特徴があり、普通はなりたい職業との兼ね合いで選ぶ。

しかし、ちょっとしたいたずら心が出てくる。ゲームの初期設定では四つの選択肢を出されてそこから選ぶしかなかった。でも、今は種族を聞かれただけで選択肢はないなら、なんでも選べるはずだ。

「ハイエルフで！」

私は選べないはずの種族を言ってみた。ダメ元ってやつだ。

【システムメッセージ：ハイエルフが選択されました】

え、本当にいいの⁉

だってハイエルフはプレイヤーが選べる種族じゃなくて、イベントキャラ専用種族で超高スペックだよ⁉　ステータス補正がプレイヤーの選べる妖精族より全部上で、壊れ性能の固有スキルを持っている。

『うわぁ、他のプレイヤーに嫉妬されそう』

そんな戸惑う私を無視して、さらにイベントは進んでいく。

【システムメッセージ：本物のヴァルハラでどんな生活をおくっていますか？】

「えっと、普通にエルフの里に住んでるとかかな？」

【システムメッセージ：縁を刻みます。理想のヒロイン・ヒーロー像は？】

「無口系だけど甘えん坊な女の子。あっ、お荷物系は嫌い。すごく有能。あと、セカイ系とかケモ耳とか巫女とかめっちゃ好き。ケモ耳はとくにキツネがいいね」

私は男があまり好きじゃない。

それとケモ耳で可愛い女の子を一生もふもふしていたい。

ただ、そういうキャラは私の声と相性が悪くて、一度も演じたことがないんだよね。

【システムメッセージ：演算開始……完了。あなたという存在を世界に介入させます。歴史改竄開始……完了。整合性チェックOK。介入処理開始。並行してENISHIシステムを起動。『無口で甘えん坊なヒロイン、世界の滅びに関わるキツネ耳巫女。めっちゃ可愛い。かつ有能』に該当するキャラを検索。該当者あり、新規生成ではなく運命介入による処理を選択……該当キャラとのＥＮＩＳＨＩを結びます】

「セカイ系とは言ったけど⁉　ガチで世界の滅びとか重すぎない⁉　あとね、ケモ耳とか巫女とかが好きって言ったの。なんで全部混ぜてるの⁉」

他にもやばいことたくさん言っててツッコミと思考が追いつかない。これ絶対、後の伏線になってるよね⁉

っていうか、本当に凝ってるな。今回のイベント。

【システムメッセージ：あなたの人生はエルフの里、浮遊島から始まります。あなたの力によってヴァルハラが救われんことを】

そこでまた頭がくらくらとしてきて意識が落ちていく。

目が覚めたら、本当に転生したなんてことになるのかな。まさかね……。

◇

おっ、なんか明るくなってきたよ。

目が開けられた、体の感覚が戻った！　動く、動くよ。

「ばあぶううう、あーあー、あうあー」

えっ、なんか変な声が出た。

うん？　ここはどこ？　私は誰？

もう周囲の風景が思いっきりファンタジー。

だってさ、おばあちゃんのいる島根なみに田舎だよ？　私の住む大都会埼玉じゃありえない。

エルフがたくさん周りにいる。みんな綺麗だな。

自分の手を見た、小さい。赤ん坊のような手というか、赤ん坊じゃん、私っ。

……うん？　これ、本当に異世界？　うっそおおおお。

「おおおうっ、いっ、忌み子じゃあああ、忌み子じゃあああああ！」

「あああああああ、汚らわしい、ダークエルフとは」

「銀色の髪、翡翠の瞳、間違いない」

「追放じゃ、追放じゃ！」

老女エルフたち、えっと、たぶん長老たちが鬼の形相で私を見て叫んでる。

えっと、これ、やばくない？

「待ってください！　私の子を、私の子を奪わないで」

超美人のエルフが私に向かって手を伸ばして、屈強なエルフ男に取り押さえられてる。

私と違って金髪のスタンダードエルフさん。まあ、周りにいるのみんなそうだけど。

状況的に、あれって私のマミーだよね。

「掟じゃ、ダークエルフは追放じゃ」

「この浮遊島に汚れた血はいらぬ」

「いやあああああああああああ」

泣き叫ぶマミーを尻目に、長老が私を抱きかかえた。

転生して、十秒でいきなり捨てられるって私の人生ハードだなー。

詰んでないかなー。

エルフの里を抜けて、森を越えて、崖までやってきた。

ああ、うん、エルフは浮遊島に隠れ住んでるって設定だったよね。

底がぜんぜん見えないよ。

追放って、森に捨てるとかじゃなくて島から？　あはは、まさか、そんな、ねぇ？

「我が一族から、ダークエルフが生まれるとは……汚らわしい。汚点は消さねば」

うっわ、この人、一切躊躇ない。

この目、見覚えがあるよね。

あっ、そうそう、ゴキブリに殺虫剤向けるときのお母さんの目。

落ちついている場合じゃない。

弁明しないと。えっと、まず勘違いを解かないとね。

私、そもそもダークエルフじゃないし。
むしろ、エルフのみんなが崇めてるハイエルフだしっ！
「おっ、おぎゃああああああああ」
ああああああああああああ、私、ベイビーだったああああああああ。
おぎゃああああ、じゃ何も伝わらないよおおおお。
ほらっ、長老投げたし。
「おぎゃあああああああああああああああ」
おーちーるー。
待って、ちょっと待って。
まずいまずいまずい。
このゲームって高所から落ちたとき、高さに応じてＨＰから割合ダメージだよね。
えっと、二メートルから落下ダメージ発生、十メートル以上から落ちたら即死。
じゃあ、十メートル未満で慣性殺したら死にはしない……はず。
ゲームのときは、基本アクションで落下慣性を殺せた。
ヒップドロップアクション！
エルフの浮遊島ってどれぐらい高いとこぷかぷかしてたっけ？
ヒップドロップは空中で一回だけしか使えない。

タイミングミスったら死んじゃうよね。

思い出せ、思い出せ、思い出せ。

「ばあぶ♪」

思い出した、地上一〇三二メートル。なんか、クイズイベントで出題されたから覚えてる。

……うん？　たしか落下ってちゃんと自由落下速度計算したよね。空気抵抗まで物理エンジンに入ってなかったはず。重力加速度だけ考えればいい。

一〇三二メートルだとしたら、地面まで十四・五秒ぐらい。

おおう、よく暗算で計算できたぞ私、中学ぐらいまで神童って呼ばれていただけはある！

最終的に秒速一四二メートルまで加速しちゃう。時速五一二キロメートル。新幹線よりはやーい。

うん？　つまり、時速五一二キロなんて速さで、地面から十メートル未満でヒップドロップしないと死亡？

「おぎゃあああああああああああああああ」

無理ゲーってレベルじゃないよ。許容誤差、〇・七秒⁉

むりむりむりむり、死んじゃう死んじゃう死んじゃう。

開始数分でこのピンチってバカなの？

しかも死んだら終わりだよ？

ゲームバランスって言葉知らないの⁉　クレーム出すよ！

落ち着け、落ち着け、逆に考えるんだ。

〇・七秒、誤差が許されると。

いうて私、ゲーマー。三十フレームのゲームなら、一フレーム単位で見切ってたよね。

なんだ、〇・七秒なんて簡単じゃん。余裕だね！

慌てて損したよ。

クールになれ、クールになれ、アヤノ。

いけるいける、マウマウ！

あなたは本番に強い子。なんか大事なオーディションで毎回すべってたけど。というか本番強かったら、生放送で炎上してない。死にたい。

地面が見えてきた。

もう、風切り音で何も聞こえない。

考えるな、感じろ！

いくよっ、ヒップドロップ‼

力を貸して髭面（ひげづら）の配管工！

「ばあああぶううううう」

決まった！　基本アクション、ヒップドロップ。ゲームの仕様で一度浮かび上がって慣性が死んだ。

空中で静止して、また落ちてく。

地面、だいぶ近い。って言っても、私の安アパート（三階）ぐらいには高いけど。

「ばっぶ」

痛っ。

でも、生きてる、がっつりHP減ってるけど、生きてる。

良かった。ちゃんと割合ダメージだ。

あの高さ、ゲーム仕様じゃないと死んでいるよね。

私、生き延びた。

「うわあああああああああああああああああん」

泣く、だって私赤ん坊だもん。

怖かった。ほんと怖かった。

許さない、エルフの連中許さない。

いつかエルフの森燃やしてやる。

エルフ、そういうところやぞ、そんなんやからいつも森燃やされるんだよっ！

でも、とにかく今は生き延びること優先だね。

私、赤ん坊。そして荒野に一人。ここはモンスターがあふれる世界。
うん、ぜんぜん助かってない。普通に死ぬ。
気分的にはサバイバーだよっ⁉

第一話✦最初から極限サバイバーな異世界

ふう、死ぬかと思ったよ。

……まあ、このままだと普通に死ぬんだけどね。

それに、これゲームであってゲームじゃないっぽいんだよ。

「ばぶぅ……」

ゲームのときは、自由落下のとき重力加速度のみしか考慮しない物理エンジンだった。

でも、さっき落ちたとき空気抵抗による減速があった。

落下予想時間が二秒も遅かったから確実。違和感を信じて再計算しなきゃ死んでたよ。

腐ってもゲーマー。二桁のスキル、そのリキャストタイムをコンマ一秒刻みで並行管理してきた。

その私が、二秒もカウントをミスるなんてありえない。ゲームの物理演算じゃなくて現実の物理法則に支配されている。

でもゲームシステムによる物理法則無視は起こる。

「ばぶぅ、ばあぶ、ばぶ」

ゲームと現実が中途半端に混ざっちゃってる。

一番やばいやつ、ゲームと同じだと妄信すれば待っているのは死。

ゲーマーたちが恐れるのは仕様変更。パッチが当てられたら、まず検証。検証を怠ったものから死んでいく。レイドボスとの戦いなんてリキャストタイムがコンマ五秒変わっただけで戦術が破綻するし。

検証をしたい、なんなら解析をしたい。

それに、ゲームと違うというのをもっと明確に思い知らされていることがあるの。

「バブゥ（お腹すいたぁ）」

こんなのゲームじゃありえない。いや、一応ゲームにも満腹ゲージはあったけどさ。

でも、今ゲージが十％残っているのに空腹で苦しい。

ママのミルクが飲みたすぎて死ねる。

そして、最大の問題は。

「バブゥゥ（私が赤ちゃんってことだね）」

ハイハイが精いっぱい。

今の私じゃ最弱のゴブリンさんに出会っても虐殺されちゃう。

特殊条件を満たした場合に可能な転生をして、ゲームで赤ちゃんになったことはある。

レベルを十まで上げたら成長して少年・少女になれた。

だから、まず私はレベルを上げたい。今のままじゃ怖いし、不便すぎる。

私は世界を救って願いを叶えたい。でも、今のままじゃ世界どころか自分すら救えない。

周囲の風景から、比較的低レベル帯のアルカディア荒野だってわかるんだけど、ハイハイで最寄りの街を目指してたら、着く前に飢え死にする。

「……ばぶぅ（どうしよう）」

でも、いったいどうやってこの状態で敵を倒せというのか。

赤ちゃんは全ステータス十分の一。最弱のゴブリンにすら殴り殺されるほど弱い。なんというか理不尽すぎて逆に笑えちゃう。

「ばはは（私の人生こんなもんか）」

そういう星のもとに生まれてきたし、それでもあがいてきた。

私は必死にハイハイをして、茂みに隠れる。

このあたりのモンスターは視覚感知型と聴覚感知型しかいない。茂みに隠れてじっとしてれば見つからない。

「ばぶううう」

こうしていれば安全……でも、このままじゃ飢え死にする。

冷静になれ、クールなるんだアヤノ。

するべきことをリスト化して、何からできるか考えるんだ！

1．食料の調達。

このあたりは採取ポイントで、花の蜜が採れた。乳児でも花の蜜ぐらいなら飲めるはず。

「ばぶう？」

いや、あれ？　今、隠れている茂みって、たしか採取ポイントで、そうそう、こういう黄色い花がついてた。いや、これ、花の蜜採れるじゃん！

「ちゅぱっちゅぱっ、うんまうんま」

黄色い花をちぎって吸う。懐かしいな、小学生の頃、ツツジの花を吸ってたよ。

美味しいよぅ。お腹が膨らんできた。

「ぷはっ」

サンキュー神様、とりあえず飢え死にの心配がなくなった。

満腹ゲージもいっぱいだよ。

……ゲーム通りなら、十二時間に一度採取可能なはず。

つまり、私はここで隠れてモンスターを避けながら、花の蜜を吸っていれば死にはしない。

なに、その拷問？　ないない。

なんとか少女になって、街を目指さないと。

じゃあ、しないといけないこと二番目。

2. レベルを上げて少女になる。

レベルを上げるには経験値が必要でモンスターを倒さないといけない。
レベル一、しかも赤子状態でステータス十分の一、装備なし。
モ○ハンなら、裸でリ○レウス倒すぐらいには無理ゲー。
ううう、装備が、装備が欲しい。
あれ、なんか風切り音が聞こえてくる。
空を見上げる、風呂敷っぽい綺麗な布で巻かれた重そうで大きいのが落ちてくる。
しかも、直撃コース。あれ、これ、やばくないかなぁ?
「ばあああああああぶうううううううううう」
人生史上もっとも必死のハイハイ、あんなの当たったら死んじゃうよっ⁉
なんかもう、落ちてきてるやつ、軽く音速超えているように見えるけど。
ハイハイが遅いっ。
死にたくないいいいいいいいいいいい。
どすんっ。
とてつもない重い音がして、土煙が背後から上がった。
落ちてきたものは大きく跳ねて転がっていき、しばらくして止まった。
はぁはぁ、危なかった。もう、完全に殺しにきてるよね⁉

私を殺そうとした凶器を確認しようとハイハイで落下地点を目指す。

綺麗な風呂敷（仮）が見えてきた。

ああ、あの布、エルフ刺繍。

まさか、エルフどもがとどめをさそうと追撃を!? なんて執念深いっ。

危ないとはわかっているけど、ゲーマーの好奇心に突き動かされて中身を開いてみる。

「ばぶ？」

手紙とローブと杖とミルクが入ってた。

手紙を開くと、エルフ文字がびっしり。

ちなみに私はエルフ文字が読める。独自言語だが、エルフ文字はけっこうあちこちで見かけて、謎解きのために習得してある。

「ばむばむ（ふむふむ）」

ママンからの手紙だ。要約すると、どうか生き延びてほしい。少しでも助けになるようにエルフの装備を用意した。それから私を許してと。

ちょっといらつく。というか、あの人、あそこから突き落とされた私が生きてると思っているのかな？ 思ってないだろうなー。これは自分を慰めるための儀式か何かだろう。

そもそも普通の赤ちゃんに手紙なんて読めるわけないし。

罪悪感をぬぐうために、私のために何かやった気になりたかったんだ。

でも、助かった。

サンキュウ、マミー！　エルフの森焼くときも、マミーだけは助けてあげる。

これはＮＰＣ限定種族のエルフたちが使う初期装備。希少な性質がある。

「きゃっきゃきゃっきゃ（これで戦える！）」

エルフの杖は道具として使えば魔法が発動する。しかもＭＰは消費せずに、発生する魔法の威力もステータスに依存しない固定ダメージ。

いわば、ド○クエ６の炎の爪。ム○ー戦ではお世話になりました。

ゲームではＮＰＣエルフの専用装備で羨ましかった。

低レベル帯ではずっと活躍しそうだ。

周囲のマナを集めるって設定からか、低レベルだと一分に一度しか使えないけど。アルカディア荒野の魔物ぐらいなら、一発だよ！　メラミは強い。

でも、ステータス的に敵の攻撃を喰らえばこっちも即死！

「ばぶぅばぶっ！（やるかやられるかだね！）」

魔法を外したら逃げられなくて死！　仮にうまく倒しても隠れるまでに別のモンスターに見つかったら死！

「あばばばばばばばばば」

とってもくそゲー。

でもっ、でもだよ。やっと希望が見えてきたよっ。

私はローブも纏った。魔法のローブだからか私ぴったりに縮んでいく。杖のほうは、もともと指揮者のタクトみたいな短いタイプなので、乳児でも使えるサイズ。

おお、なんか、強くなった気がする！

「キシャアアアアアアアアアアアア」

なんか、魔物の声が聞こえたなぁ。

おかしいな、茂みでじっとしてたら見つからないはずなんだけど。

って、茂みから出てるじゃん、私。

なんか、すっごい勢いで、緑色の小さな鬼……ゴブリンが走ってきてる。

正しくはゴブリンの亜種、ホブゴブリン。下から二番目に強いゴブリン、適正レベルは八。

当然のごとく、私を一撃で殺せる。

悲鳴を押し殺す。

人の声に反応する性質をもつ魔物を呼ぶわけにはいかない。

距離は八メートルほど、二秒もあればゴブリンの石斧が私の頭を砕く。

小さな手で杖を構える。

使い方はなぜだか理解できた。

ヒップドロップのときと同じ。あの空中ぐるんなんて、私は現実じゃできない。ゲームでZキー+方向キー（下）を押すような感覚だった。

「ばぶっ」

杖を構えると周囲からマナを吸い上げてフレイムランス発射シーケンスに入る。

するとゴブリンがサイドステップを踏んで右に跳ぶ。

発射までコンマ五秒かかる。もし杖を真正面に向けていれば魔法は躱されていた。

私はゴブリンの行動パターンを知っていた。やつは詠唱を察知すると必ず右に跳んで魔法を躱そうとすることを。

「ばぁぶ（読んでた）」

私の杖が向いている方向は真正面じゃない。サイドステップ後にゴブリンが着地した位置。

私は一秒後の未来を見て、狙いを定めていた！

「ばあぶぅ！（フレイムランス！）」

エルフの杖の固定魔法。【フレイムランス】が放たれる。

炎の槍がゴブリンを貫いた。

「キッ、キシャアアアアアアアアアア」

ゴブリンが青い粒子になっていく。

その粒子が私の体に吸い込まれて、経験値が満ちていく。

ゲームではただの数字だったのに、力があふれていくのがわかる。気持ちいいっ。

レベルが上がる。ファンファーレが響いた。

私はその音に喜ぶ間もなく必死にハイハイで茂みに隠れる。その十秒後、別のゴブリンがやってきて周囲を探し、しばらくすると去っていった。

「ばあぶっ（危なかったぁ）」

ゴブリンの特殊能力、【救援】の効果だ。あいつらは死に際の叫びで仲間を呼ぶ。もし、私がレベルアップに浮かれていたら新たなゴブリンに見つかって死んでたよ。

一分に一度しか杖が使えないのが辛い。

……でも、でもレベルが上がったよ！

赤ちゃんからの脱出に近づいたねっ。

てか、この世界ほんと命安いよね！

そもそもエルフの杖がなかったら、どうにもならずに死んでたし、杖を手に入れたあともゴブリンの動作パターン知らないと魔法を外して死んでて、ゴブリンの【救援】を知らなくても死んでいた。

ここで生きるにはゲームの知識をフル動員しないといけない。

「ばぶううううう」

この調子で、魔物を狩りまくってレベルを上げて、少女になれたら街を目指そう。歩けるようになったら、魔物を避けながら街にたどり着けるはず。

……まあ、すっごい気の遠い話だけど。

「ばぶふふふふ（あはははは）」

乾いた笑いが出る。

ちょっとした絶望感があった。

たしかに今一発でレベル二になったよ？

でもね。レベルを上げるのに必要な経験値ってどんどん増えていくんだ。

ここにいるモンスターだとレベル十になるまでに概算で八十四匹は必要なんだ。

一分に一度しか使えない杖で八十四匹。たいしたことないって思うじゃん？

でもね、敵が複数だと仕掛けられない。魔法を撃ったあと生き残りに殺されるから。

魔物を倒してから、次の魔物がくるまでに茂みに隠れられることも必須。

そんな都合のいいシチュエーション、めったにない。

しかもハイハイしかできないから、魔物を探すんじゃなくて待ち伏せが基本。

私は茂みに隠れつつ、外の様子を見る。獲物を探して。

……なにこの苦行。

さてと、いったい〝何日〟かかるかな？

◇

初めてゴブリンを倒してから五日がたった。

その間、茂みに隠れて十二時間に一度花の蜜を吸って、単独の魔物を見つけたときだけ、顔を出してエルフの杖でフレイムランスをぶちかまして、すぐにまた茂みに隠れるっていう生活。

もうどこのスナイパーだよっ、中東ゲリラだってもっと快適な暮らししてるよ!?

ああ、心が死んでいくのを感じる。

すでに八十八匹の魔物を倒している……下ブレしたなー。

でも、でもっ、もう次はどんな魔物が出てもレベルが上がるはずなんだよっ。

念願のレベル十。少女になれるっ。

もうね、自殺してさっさと現実戻ろうぜっ！　って何度思ったかわからないよっ。

……でも私は願いを叶えてくれるって女神の言葉を信じ始めた。

あの炎上をなかったことにして声優に戻れるなら耐えてみせる。

こんな生活に耐えられる女の子、世界で私だけじゃない？

私、すごい、すごいよっ。

だけど、最後の一匹を倒すのが怖くもある。

もし、ゲームの仕様が反映されてなかったら？

レベル十になっても赤ちゃんのままだったら、心が折れちゃうよ。

茂みの前に、魔物が現れる。

初めて倒したのと同じ、ホブゴブリン。

杖の射程から若干遠いところで立ち止まったので茂みを抜け出す。やつの視界から逆算した死角からハイハイで接敵。

他の魔物がいないか、警戒も怠らない。

射程内。まだ気づかれてないっ。

私はエルフの杖を使う。

【フレイムランス】が放たれ、ホブゴブリンを倒した。青い粒子が体に吸い込まれていき、念願の宿願の悲願のレベルアップ。

どうか、ちゃんと少女になれますように！

あれっ、体がおかしい、変な音が鳴って、視界が高くなって、ああ、これ、これ。

「やったあああああああああああああああああああああああああああああああああああああああ、しゃべれるよ、成長したよおおおおおおおおお、これで歩けるよぅ」

私は赤ちゃんから、少女になった。十五、六歳ぐらいかな。

……あれ、すっごいスタイル良くなった。身長は百五十ちょっとで胸もある。

この歳でこのスタイルとは末恐ろしい。さすがハイエルフ。貧乳デフォのエルフとは違うのだよっ！

「さよならっ、ゲリラ生活。こんにちはっ、文明生活っ」

たぶん、この喜びは五日間ゲリラっている子にしかわからないだろう。

私は今無性に文明が恋しい。

街を目指そう。

まだまだ、危険だけど。私の知識があれば魔物を躱しながら街にたどり着けるはず。

ふふふっ、今日はベッドで寝るんだ。

人とベッドのぬくもりがとっても恋しいよっ。

システムメッセージ：現状報告
ヴァルハラオンライン　稼働中
第一フェイズ開始
残存プレイヤー　188 人
※白兎 8 人を含む
死亡者　16 人
暫定主人公　0 人

第二話✦ゆるふわファンタジーだと思いました？　残念世紀末ですっ

レベルアップしたことで赤ちゃんから十五、六歳ぐらいの少女になった。
でも、私の笑顔はすでに消え去っている。
だって、三時間近く歩き続けてる。
普通にしんどいよ。もう、歩きたくない。
マップ機能はあるみたい、マップをイメージしたら周辺のマップが脳裏に浮かぶ。
そのマップを信じて、私は一番近くの街を目指して歩いていた。
「今どきオート移動機能ないってバカかな？　いっそワープでもいいよ？」
疲れのせいで発言がアレなことになる。
でも、そんな茹だった頭でも歩数とタイムはカウントをしている。
癖になっているんだよね、頭の中でカウントとるの。
「効果時間あと三秒、三、二、一。【隠密（ハイド）】！　よし、上書き完了」
レベルが上がったことで得たスキルポイントを隠密スキルに回していた。
魔物の索敵に引っかからなくなるスキルで、全職業で覚えられる便利スキル。

五日のゲリラ生活で心も体もぼろぼろだった。早く街で休みたい。文明が恋しい。

「あああああああ、内部解析情報が欲しいっ、フレーバーテキストなんてゴミ、数字の羅列こそが真実なのっ」

私ははっきり言ってガチ勢だった。

ガチ勢と一般人の違いは情報量。一般人のやり込み（笑）って、結局私たちが恵んであげた情報をＷｉｋｉで見てお手本通りにするだけ。

どうしたって、Ｗｉｋｉに情報が上がるのは遅い、だいたいは旨味がなくなってから。

オンラインゲームの場合はリソースの奪い合いが本質。

メイン層より、ほんの少し先に行くだけで美味しいリソースが食べ放題になる。

私たちガチ勢は、美味しいものをたくさん食べてから食べ残しを恵んでやっているのだ。

「……【隠密】の効果時間を考えると最新パッチ当ててないよね。たぶん、ｖｅｒ．３・03からｖｅｒ．４・11の間。そもそも特定のｖｅｒ．完全準拠なのかな？」

これはものすごく大事な情報。

半年前のパッチで【隠密】の効果時間が伸びていた。それを基準にすると今は五秒短い。

さっき【隠密】の効果時間中にゴブリンの後ろでタップダンスして遊んでいたけど、最新基準だと思い込んでいたら死んでいたかもしれない。

そして、最新パッチと違うのは【隠密】だけじゃないだろうな。体に染み付いた動きでやってると、計算ミスって死にそう。

「ううう、バイナリから逆アセンブリかましたい。クライアント解析なんて一日あれば終わるのに。それから通信内容モニタリングして、暗号化モジュールをハックで裸にして。この世界の真実を知りたい」

ちなみにこういうのをトップ層のプレイヤーは空気を吸うようにやる。

クライアント側の解析でけっこうなことがわかるし。

サーバー側からのデータも、通信解析でだいたいわかる。通信データは暗号化されてるけど処理速度優先のゆるふわ暗号。歌い手の貞操観念より緩い。

「ゲームの説明テキストは信じられない、外注バイトの仕事だもん。検証するのもいいけど、ダメージ倍率とか射程とかリキャストとかは完璧でも、検証項目に引っかからない追加効果とかを見逃しちゃうんだよね。やはり信じられるのはデータだけ……ふう、今日もオタク特有の早口説明式発声トレーニング完了。うん、調子いいね」

とあほなことをやる。これは頭のトレーニングにもなっていい。

頭の回転が遅いとアドリブとかできないしね。

「さあ、やっと街が見えてきたね。やっぱ序盤の街と言えば、あそこだよね」

頭の中に浮かんでるマップでは見えてたんだけどね！　やっぱり視界に映ると着いたーって感じがするよ。

お腹が鳴った。五日以上、花の蜜しか飲んでなくて、肉と米が死ぬほど恋しい。花の蜜しか飲まないって、妖精さんかな？　……いや、ハイエルフって妖精だけれど！

「さあ、美味しいごはんと柔らかい寝床が私を待っているよ」

ごはんっ、ごはんっ♪

とにかく肉！　それから宿でベッドにダイブするよ！

世界を救って願いを叶える前にまずは生活環境を整えないとね。

◇

その街はアルシエと呼ばれていて、けっこう賑やか。

交易が盛んでしょっちゅうバザーが開かれてる。

ここなら情報も集められる。世界を救えって言われているけど、そもそも世界を救うって何をしたらいいかもわかってないし。ここを拠点にして何が来ても対処できるように強くなりながら情報を集めるつもりだ。

でも、それより前にごはん！　蜜じゃなくてちゃんと腹にたまるのを食べたい！

「買い食いっ、買い食いっ♪」

お金はちょっとだけある。

ゴブリン狩りをしたおかげだ。

一応、この世界ではモンスターを倒せばお金がもらえるのに理由があるの。

女神が魔物を滅ぼしたがってて、倒すと女神の力でご褒美をもらえるって感じ。

「その力で魔物滅ぼせよって思うのは私だけかな？」

そのあたりは大人の事情かも。

大事なことは私のポケットにはお金が入ってるってことと、屋台に肉があること。

あっ、美味しそうな串焼きのお店を発見！

これはアヤノまっしぐらだよっ！

「ひゃっはー！」

いや、これ、私じゃないよ。

私、こんな世紀末な叫び声をあげないし。

「ぐえっ」

いきなり首が絞められて変な声が出た。

首に縄がくくりつけられているんだけど⁉

「上玉のエルフがこんなところをうろついてるなんてついてるぜ」

「兄ちゃん、アジトに連れていこうぜ」

えっ、なんですか⁉　これ。

力強っ、ぜんぜん逃げられない。あと苦しい。

「どうよ、俺の縄捌き。上玉エルフ、ゲットだぜっ」

「やったね、お兄ちゃん。闇市に売る商品が増えるよ」

「今日は贅沢にすき焼きだ」

「兄ちゃんさいこうっ！」

モヒカンとスキンヘッドの兄弟がハイタッチ。私の首は縄で絞められてる。

すき焼きなんてあるんかいっ！　ってツッコミそうになったのは職業病かな？

「ごほっ、ごほっ、苦しい」

首にかかった縄を引っ張られて、モヒカンの足元に転がされる。そして、スキンヘッドに手首と足首を縛られる。流れるような連携プレイ。手慣れてるなー。

「えっと私をどうする気かな？」

「地下バザーで変態金持ちに売るんだよ。エルフもロリも高く売れるんだぜ。ロリでエルフなら百倍だ百倍」

「世紀末がすぎるよ！」

現実がひどすぎて受け入れられないっ！

ゲーム時代にアルシエでそんなイベント聞いたことないんですけどっ。

高笑いするモヒカン。

スキンヘッドのほうがモヒカンの肩にぽんっと手を置いて、とても優しげな顔をしていた。

「兄ちゃん。こんな可愛くて幼気な子をさ、いきなり売るのはどうかと思うんだ」

もしかして、いい人なのか⁉　いい人なんだよね⁉

モヒカンとスキンヘッドだったら、スキンヘッドのほうが絶対優しいよね！

「僕たちで楽しんでからじゃないともったいないじゃん！」

「世紀末っ⁉」

やっぱり、この世界に神はいなかった！

世界は暴力に支配されてるの⁉

「んーでも、処女のほうが高く売れるじゃん？」

「処女かどうかわかんねーじゃん。兄ちゃん、僕、こんな可愛い子、街で見かけたら我慢できないよ。ぜったいやられてるって」

「おい、ロリエルフ。処女か？」

「ロリエルフ言うな」

「処女かって聞いてるんだよっ‼」

頬を打たれた。容赦なく、女を殴るスタイル。

……すごい、日本じゃこんなことして許されるのはマネージャーぐらいだよ。

「えっと、処女だけど」

なんせ、生後一週間ぐらいだからね。

生まれてすぐに浮遊島から捨てられて、ここまで来るまでに会ったのゴブリンぐらい。

これで処女じゃなかったらびっくりだよ。

……いや、ゴブリンに襲われてってなくもないのかな？

「なっ、処女だろ。やめとこうぜ。なーに、女が欲しければ、ちょっと路地裏に行くか、亜人の村を襲えばいいんだ。わざわざこいつに手を出して売値を下げることはねえよ」

「兄ちゃん、かしこい。でもさ、僕はもっとかしこいんだ」

嫌な予感しかしないんだけど。

「口と後ろがあるでしょ？」

「かしこいな弟よっ、んじゃアジトで楽しんでから売るか」

「兄ちゃん最高！　口と後ろどっちがいい？　兄ちゃんと一緒は僕やだよ」

「後ろ」

「じゃあ、じゃんけんだね」

「倫理観っ⁉　倫理観どこっ。誰か、助けてえええええええっ、自警団んんんんん、ＧＭうううううううううう、ポリスメエエエエエエエエエン」

叫ぶが誰も助けてくれない。

今、主婦が隣を通り過ぎていって、ちょっと先の八百屋で買い物しているんですけど⁉

なに、この街。

女の子が拉致られて売られるのが日常風景なの!?　お魚くわえたドラ猫見たときのほうが、もうちょい反応してくれそう。

「うるせえっ」

また殴られたっ、めちゃくちゃ痛い。

「兄ちゃん、だめだよ！　顔はさぁ。もう、見てて。こうっ！」

「ぐふっ」

スキンヘッドの拳が腹にめり込む。

「こういうときはお腹だよ。傷が残らないしね」

呼吸ができない、嘔吐（おうと）してしまう。

これ絶対美少女エルフにする仕打ちじゃないよね!?

現実世界でもこんなの、年一ぐらいでしか起きないひどいイベントだよ。なぜわざわざゲームでこんな目にあわないといけないのか。

スキンヘッドが私を荷物みたいに担ぐ。

モヒカンが後ろを歩きながら、ちらちらとパンツを見ようとするが絶妙に見えないようだ。

……これ、ゲーム間違ってないかな。私が好きだったこの世界って、もっとさ、こう、まったりファンタジーで優しい空気が流れていた気がするんだ。

そら定期的に世界滅亡の危機がきたり、狂った教団に街が乗っ取られたり、王族がおかしくなって住民を大量虐殺とか、亜人と人間の戦争とか、空中都市が墜落して下の街もろとも消滅とか、感染病爆発とか、街中に突然魔物の大群とか、いろいろあったよ？

でも、こういう治安方面で、日常的に頭がおかしい要素はなかったはず。

「おいっ、ロリエルフ。てめえ、案外余裕だな。普通は泣き叫ぶぞ」

「うーん、まあ、職業柄」

「へえ、どんな仕事してたんだい」

「声優」

「そうか、聞いたことがねえが。セイユウって仕事は大変だな」

そう、けっこう大変なんだよね。こういう修羅場もちょくちょくあるし。

「ねえ、聞いてもいい？　えっと、今、自警団らしい人とすれ違ったけど。完全スルーしたよね。もしかして、あなたたちは、街を支配しているマフィアの構成員とかかな？」

ほら、よくあるよね。

マフィアが強すぎる地域だと、警察がぜんぜん機能してなくて住民も見て見ぬふりとか。

マフィアの下っ端を逮捕したら、その警察の家族全員の生首が街にさらされるみたいな。

昔、仕事で行った海外の街もそんな感じだったんだよね。

「エルフの里から出たことねえのか。人権ってのは人間様の権利よ。エルフにあるわけねーだろうが。てめえらは野良犬と一緒。野良犬拾っても誰も文句言わねえだろ？」

「それはそうだね」

「「ハッハッハッ」」

なぜか、声を合わせて笑う私とモヒカン。

なんだ、治安が世紀末なんじゃなくてエルフの扱いが世紀末なだけかー。

って、なんでだよ⁉

そりゃ、エルフたちも浮遊島に引きこもるよ⁉

人間怖い、人間醜い。

◇

そうしてアジトに連れてこられた。

「兄ちゃん、先にシャワーもらうね」

「一緒にしたほうが早えだろ」

「そんな、兄ちゃんと一緒なんて恥ずかしい」

乙女かっ⁉

ってツッコミは内心で押し止めた。だって、そっちのほうが都合いいし。

モヒカンだけが部屋に残る。

「なあ、エルフの嬢ちゃん。可哀想だと思うけどよ。俺等を雇ってくれるところなんてねえし、俺等にゃまともな女はよりつかねえ。だから、こうするしかねえんだ」

「服装と髪型をちゃんとするだけで、まともなところが雇ってくれるし、彼女もできるよ。体力ありそうだし。顔つきも悪くないし」

モヒカンとスキンヘッド、しかも世紀末ファッションなんて雇ってもらえるわけないし、女の子にもドン引きされるよ。

「だからな、可哀想な俺等を助けると思ってな。ちょっと、体使わせてくれや」

「私の話、聞いてないよねっ⁉」

シャワー音が聞こえ始めた。

けっこう豪快に使うね。かなり騒いでもシャワー室のスキンヘッドくんには聞こえない。

「だめだ、我慢できねえ。シャワーはいいだろ。俺さ、後ろが好きなんだ、前より好きだ」

「えっと、じゃんけんに負けてたよね」

「だから、こっそり先にな」

そう言って私を押し倒して、服を脱がそうと上着に手をかけた、よほど慌てているのか息が荒いし、周りが見えていない。

「手をベッドにくくりつけてたら上着を脱がせられないと思うよ。この装備強いから破くの無理だと思うな」

「なんだ、エルフの嬢ちゃんも乗り気じゃねえか」

そして、ベッドにくくりつけている縄を切ってくれた。

モヒカンは再び私の服に手をかけている。

脱がすのに両手を使っていて隙だらけ。先ほどから気になっていたサイドテーブルにあるウイスキー瓶で思いっきり側頭部をぶん殴る。

私の必殺、サイドテーブル灰皿スイング！　今回はウイスキー瓶だけど！

ウイスキー瓶ってゲームでは装備扱いで、けっこう攻撃加算値が高い。

すっごい音と衝撃。瓶が割れて中身がぶちまけられ、モヒカンを濡らす。

あまりの痛みにモヒカンが頭を抱えたところで。

「【フレイムランス】」

私の手に杖が現れて、道具効果での魔法を放つ。

モヒカンは悲鳴すら出せずに顔をおさえてのたうち回っている。

この世界では相手を凝視すれば名前がわかる。そして、ゲームと同じくレベル差が五以上なら名前が赤くなる。そして、この兄弟の名前は二人とも真っ赤になっていた。

そしてレベル差が五つもあれば、まともにやったら勝ち目はない。実際、【フレイムランス】が痛いってだけで済んでいるし。

ましてや相手は二人組。だから、私はずっと隙ができるのを待っていた。

「一人になってくれないと、不意打ちしても勝てなかったんだ。危ないところだったよ」

どうやらフレイムランスがウイスキーに引火したみたい。

私にもお酒かかってたし、下手したら私まで燃えてたな。危ない危ない。炎上は何回かしたけど、炎上（物理）はやったことないんだよね。

シャワーの音が響いているせいか、スキンヘッドは気づいていない。

「可哀想だけど、しょうがないよね。うん、さすがに襲われそうになったら反撃しちゃう」

私はそんなことを言いながら、脱がされかけた服をちゃんと着る。

それから、衣装棚からフードをかっぱらった。

エルフに人権はないらしいけど、耳を隠したら大丈夫なはず。

予備ももらっとこ、あっ、あとサイドテーブルに乗ってる財布も回収。

パンツ見られそうになったし、服脱がされかけたし、これぐらいいいよね？　の精神。

まだ、モヒカンはのたうち回ってる。

「……ふうーん、こういうところは物理法則優先か。ＨＰバーも表示されないし。ねえ、知ってる？　こうやって顔を焼かれるとね、気管に炎が入り込んで喉と肺が焼けて悲鳴が出せないんだよ。仲間も呼べないね。止めは刺さないであげるから、次から気をつけてね」

あっ、やばい。シャワーの音が消えた。

じゃあ、お暇させてもらいます。

扉に手をかけて外に出ようとしたとき、シャワー室が開く。

「兄ちゃあああんんんんんんんんっ」

「それでも私はやっていません！」

全力疾走。

「待てやこらあああああああああああああ」

階段を下り、派手な音を立てて一階の扉を開けて急速ターン。階段の死角に隠れる。

「クソロリエルフううう、犯し殺して、剝製にして売ってやるうぅ」

そうして、スキンヘッドくん（全裸）が夜の街に駆けていった。

「はやっ、普通に逃げてたら捕まってたよ」

あとはこっそり裏口から逃げればいいだけ。

声優で良かった。昔の経験が生きてくれたよ。

物音がする。倉庫らしき部屋からどんどんっ。柔らかいものが叩きつけられる音。なんていうか、縛られた人がエビみたいに跳ねて暴れているとああいう音するんだよね。

むかーし、される側だったから知っているわけで。

……あの兄弟と、私の置かれた状況を考えるとそういうことだろうな。

さっさと逃げないと。ここに留まる時間が長ければ長いほど生存率は下がっちゃう。スキンヘッドが戻ってきたら詰みなところもあるし。

でも、私は。

「見捨てちゃうのはだめだよね。絶対あとで後悔する。イベントっぽさもあるし」

即断即決。それが私の信条。

迷っている時間が一番無駄、倉庫には鍵がかかっていたけど、さっき部屋からくすねたハリガネでくいくいっと。これも前職で身につけたスキル。

開けると檻があって、中には少女がいた。両手両足を縛られて口も塞がれてる。

「可愛いっ」

ちょっと金色がかったキツネ色のもふもふ尻尾！　ぴんとしたキツネ耳が最高に可愛い。

こんなの助けてあげるしかないっ。

「お姉ちゃんが助けてあげるね」

こっちに来てからずっとひどいというか頭がおかしいイベントが続いていたけど、ようやくまともなゲームイベントがきた。

可愛い女の子を助けて、感謝される。

うん、いいね。

やっと、ゲーム転生らしくなってきたよ！

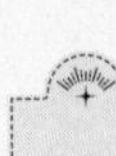

第三話 ✦ 大勝利エルフちゃん！　希望の未来へっ！

「この子の見た目って、転生するときに聞かれた……ううん、今はとにかく助けないと」

十三、四歳ぐらいかな？　一番可愛い年頃だね。

檻の中にはキツネ耳美少女！

檻は閂がかかっているだけで外からなら簡単に開けられる。

キツネちゃんは私をにらみながら、ふごふごと言って、エビみたいに跳ねて暴れていた。

檻に張り紙がしてある。

『遺跡からの盗掘品。ボスから預かり品。手出し厳禁。手を出せば殺される』

うわぁっとドン引きしちゃう。

もちろん、注意書きには日本語じゃなくて、こっちの世界の言語が使われている。別に覚えてなくても困らないけど読めたほうが楽しいから覚えた。

にしても、どう見ても女の子なのに、盗掘品？　もしかして手出し厳禁の張り紙の使いまわしをしているのかな？

「人権ないのってエルフだけじゃなくて、人間以外全部かなぁ。人間怖い、人間醜い」

人間が他の種族を食い物にした場合って、たいていブチギレた種族が連合組んで人間を滅ぼしに襲ってくるんだよね。フィクションでは。

……このゲームでもそんなイベントあったような、なかったような。

とりあえず、今はこの子を助けることを考えよう。

優しそうな笑顔と声を作って、キツネちゃんに話しかける。

「えっとね、私も君みたいに拉致られて逃げてきたの。君を助けたいって思ってる。でも、今騒がれると二人とも見つかっちゃうかもしれないんだ」

こくこくっとキツネ耳美少女は頷いて、騒ぐのをやめた。

良かった、ちゃんと言葉が通じるよ。

獣人の中には見た目は人間と一緒だけど知能が獣寄りだったり、独自のマイナー言語使ったりってのもいるから不安だった。

「檻から出す条件は、逃げ終わるまで大声をあげない、暴れない、私の言うことに従うこと。ちゃんと二人で逃げられたら、お姉ちゃんが美味しいごはんを食べさせてあげる」

お腹の音で返事されちゃった。恥じらいで赤くなっているのが可愛い。

えへへ、可愛い子ギツネちゃんめ、食べられるのは君のほうだよっ！　と百合営業していたときの私が目を覚ましてしまいそう。

鍵を開けて、彼女の手足を縛る布を取っていく。

途中、もふもふ尻尾に触っちゃったけど不可抗力ですっ！

「この手触り、やばすぎるよぅ」

にしても、縛り慣れてるなぁ。下手な人が縛ると、擦れて傷がついたり、あざになったり、血流が止まったりで商品に傷をつける。

相当手慣れている人の縛り方だ。私のことも流れるように拉致ってきたし、逃げるときにやりすぎたかなぁって思ったけど、罪悪感が消えてくね。

最後に猿ぐつわを外す。

「ありがと、エルフ。いつか、恩、返す」

もしかして無口系⁉　はわわ、大好物な口調ですわ。見た目もどストライク。

キツネちゃんが立ち上がり逃げようとするが、ふらふらして倒れそうになり支える。

「うーん、走るのはしばらく無理だと思うよ。けっこう長い間縛られてたし、無理な体勢だったでしょ。背負ってあげる」

「ううん、いい。足手まといはやだ」

そう言ってまたよろけた。強引に背負ってしまう。

「動けないのにうじうじ言われるのが一番足手まといなの、わかるよね？」

「……ごめんっ」

落ち込んでキツネ耳がぺたってするの可愛い。

けっこう小柄なのにお胸はかなりある。

私、この子を一生かけて守りますっ！

倉庫を出て、裏口に手をかけた瞬間。キツネっ子が耳元でささやいた。

「上から足音」

へっ、あの顔面炎上事件男が復活した？　うーん、普通に回復薬常備してそうだしなぁ。

全治半年コースだったけど、こっちの世界ならすぐに動けるようになるのかな？

私は急遽(きゅうきょ)、音を立てないようにしながら近くの部屋に逃げ込んだ。

「許さねええええええ、許さねえええええぞ、ロリエルフううううううううううううううううううう、ごろじでやるううううううう！」

そして、怒鳴りながら一階玄関から外へ。やっぱり、単細胞だね。

それとロリエルフ言うな。

「いい耳してるね」

「キツネだから。キツネの耳はすごい」

このキツネ耳使えるな。【隠密(ハイド)】と双璧を成す【索敵(サーチ)】スキルより優秀かも。

「じゃあ、逃げちゃうよ。はい、フード。なんか、この街の人は人間以外には何してもいいと思ってみるみたい。耳は隠しとこう」

「耳、聞こえにくくなる。敵、みつけにくい。でも仕方ない」

私たちはフードをかぶる。

「それと尻尾隠せる？」

「よゅー」

キツネ尻尾がスカートの中に入ってお股に挟まる。

そして私は彼女を背負っているので、私の背中にもふもふ尻尾が押し付けられている感じに。

これはっ。

「たまらんですわ」

「どうした？　重い？」

「うーん、大丈夫だよー。えへへっ、じゃあ、愛の逃避行に行こうね」

「大丈夫？　頭殴られたの？」

がんぎまってるよ！

私はキツネちゃんを背負って夜の街を駆けた！

◇

それからは宿に逃げ込んだ。

ゲームのときと同じ宿だ。許可した人以外は入れなくて安全。システムに守られている。

ゲームのときと違うかもしれないから、私の名前で部屋をとってから、無理やり入れないかキツネちゃんに試してもらったけど入れなかった。

宿を出るまでは安心って思っていい。

「この部屋にいる限り安全だね。あの人たち、私たちを探し回ってそうだし。今日は外出禁止。じゃあ、ごはんを食べようか」

「美味しそう、じゅるり」

ごはんは宿に入る前に買ってある。

裏路地にも屋台がいろいろとあって、お肉系をメインに。

転生前は太っちゃだめなお仕事だったから、お肉とか控えめだったけど今の私はエルフ。きっと太らないいっ！

露出度が高い衣装を着るイベントの前とか、離乳食しか食べないでダイエットしてたな。離乳食って栄養取れてカロリー低いから痩せられるんだよね。ただ不味くて、それが一週間ぐらい続くと精神がアレになって食事のたびに涙がこぼれるようになる。

「好きなだけ食べて」

「森の精霊に感謝を」

キツネっ子、お祈りするんだっ。

そして、がっつき始める。

屋台で怪しい肉で作ったハンバーグっぽいのをナンみたいなパンで巻いたのを買ったけど……不味い。

不味いけど、花の蜜生活だったせいかぎりぎり許せちゃう。

使っている肉がまずやばい。かなり臭い。なのに下処理が適当かつ臭い消しのスパイスをケチってる。味付けは塩オンリー。

日本でこれ出されたらブチギレて、即ダストシュートしているかも。

「エルフ、ありがとっ。これ、美味しいっ」

そんなのをキツネちゃんは本当に美味しそうに食べてる。

ちょっと信じられない。

でも、可愛いキツネ耳美少女をおかずに食べると、謎肉パンも美味しく感じちゃう。

なんなら、白米にキツネ耳美少女でも行ける気がする。

「ねえ、キツネちゃん。ほんとに美味しい？」

「美味しいっ。エルフ、もっと食べて。私ばっか食べてる」

「もっと食べていいよ。私はこのお肉パンは一つでいいかな。サラダあるし」

サラダはまともだ。野菜に塩と酢をかけただけでも、鮮度が良いから美味しい。

「エルフは変。美味しいのに」

「えっと、私は不味いなーって思ってる。私に気を使ってくれてる？」

「違う、美味しい」

キツネ尻尾がブンブン揺れてる。

「可哀想に、こんな肉料理が美味しいだなんて。この私が本当のお肉料理というのを教えてあげるよ。明日のこの時間、同じ場所に来てね」

「うん？　どういうこと」

あっ、そりゃ異世界人に美味しんぼパロディしてもわからないよね。

「明日はもっと美味しいお肉を食べさせてあげるってことだよ」

「本当っ⁉　楽しみ」

きらきらした目が眩しい。

お姉ちゃん、本気出しちゃう。

ふふふっ、料理対決番組に出演したときに、ガチすぎてなんの面白みもないとダメ出しされた私の力を見せてあげるよ！

生放送終了後にさ、この番組の面白さは可愛い女の子が料理自慢の芸能人にフルボッコされ、追い打ちで本職料理人にめちゃくちゃダメ出しされて泣くところって怒られた。なら最初に言えよ。面白い失敗とか、あるあるな失敗とかネタ仕込んで実行したのに！

ネットでは、褒められていて、ものすごく盛り上がっていたのが救い。……私に負けた大御所料理好き芸能人にめっちゃキレられてテレビ番組しばらく干されたけど。

「それでね、これからどうする？　キツネちゃんはどうしたい？」

「わからない……気づいたら、この街にいた。村に帰れない。帰り方、わからない。森がないと狩りできない。ごはん、食べられない」

「故郷はどこ？」

「わからない、思い出せない」

「じゃあ、どんな村かな？　私ならわかるかも」

「それも、わからない。覚えてるの、狩りしてた、お父さん優しい。それだけ」

キツネちゃんがしょげてる。

キツネ耳がぺたんとして、尻尾の毛までしぼんでる。

「えっと、もしかして記憶喪失？」

「それって何？」

「自分のことが思い出せないって意味かな」

「そうかも」

「それは困ったね……じゃあさ、手伝ってくれない？　私、世界中を旅してるの。お宝探しをしたり、魔物を倒したりしながらね。ごはん三食出すし、稼いだお金の三割をあげる」

逆に言えば七割は私のもの。

けっこうあくどいけど、私と事務所の契約よりはだいぶマシ。

それに私が悪徳ってわけじゃなくて、リーダーの責任代とパーティの運営費だからね。装備とか消耗品も支給するし。

「このままじゃ、帰れないし、ごはん食べれなくて死ぬ。でも、なんで助けてくれる？エルフはいい人？」

「うーんどうかな？　いい人、悪い人って主観入るし。私は恥の多い人生をおくってきたしね。でも、キツネちゃんに優しくすることは約束するよ」

「どうして？　会ったばっかり」

「キツネちゃんが可愛いからだよっ。見た目も性格もね。キツネちゃんと一緒だと楽しそうだなって思ったんだ」

口には出さないけど、もう一つ理由がある。

彼女の存在に心当たりがあった。

「可愛い？」

そう言ってきょとんとして自分を指さした。

可愛すぎて鼻血が出そう。

「うん、とっても可愛いっ！」

「ありがと……決めた。明日のごはんが美味しかったら手伝う。美味しいごはんを家族に食べさせるのが家長の務め。エルフが家長にふさわしいか見る」

記憶喪失でも常識とかそういうのは覚えているタイプかな？

もうちょっといろいろと話を聞いて、何か他に覚えていることがないか確認しよう。

「ふふふっ、宣戦布告だね。今日の三・八倍美味しいごはんを約束するよ。キツネちゃん」

「細かい」

「ゲーマーはね、小数点以下の倍率とコンマ数秒での時間で戦うものなの」

「ゲーマー？　わからない。あと、キツネちゃんじゃない。ホムラ。ホムラはホムラ」

「そう、ホムラちゃんね。じゃあ、私もエルフじゃなくてアヤノって呼んでね」

「わかった、アヤノ」

明日の料理は本気を出すよ。

キツネちゃん……もとい、ホムラちゃんを迎え入れるためにがんばらないと。

ふふふ、宣材プロフィールの特技に書いてたのに、面白くないからと事務所に消された、私の料理スキルが火を吹くよ。

そのためには食材調達からしないとね。

ホムラちゃんがお腹いっぱいになって眠ってしまってから、いろいろと考える。

「これ、絶対偶然じゃないよね」

私はこっちに転生する前に、システムメッセージでいろいろと聞かれて返事をした。その中に、こういうのがあった。

【システムメッセージ：縁(えにし)を刻みます。理想のヒロイン・ヒーロー像は？】

「無口系だけど甘えん坊な女の子。あっ、お荷物系は嫌い。すごく有能。あと、セカイ系とかケモ耳とか巫女(みこ)とかめっちゃ好き。ケモ耳はとくにキツネがいいね」

この子、めちゃくちゃ該当するんだけど。

無口系で、甘えん坊な感じがするし、見事なキツネ耳。

……だとすれば、有能でセカイ系で巫女なのだろうか。

だいたい、こんな無理がある出会い方、誰かの意図がないほうがよほどおかしい。

まあ、ホムラちゃんがすごく可愛いから、細かいことはいいけどね！　仕組まれてても仕組まれてなくても、ホムラちゃんと楽しく冒険したい。

私は私の願いを叶(かな)えるために世界を救うと決めた。

でも、どうせなら楽しみながら世界を救いたいよ！

第四話✦一回死んだら終わりのゲームはクソ

キツネ耳美少女のホムラちゃんと一緒に街の外へ。

街を一歩出ると、そこは魔物がはびこる危険な世界。

ああ、でも街の中も危険でいっぱいか。歩いていて首に縄かけられるとか、渋谷とかカブールぐらい危ない。

「ホムラちゃん、パーティを組もうか」

パーティを組みたいと願うと、頭の中にお馴染み（なじ）みのパーティ申請ボタンが浮かんだ。

ホムラちゃんを選ぶ。

「パーティ？　なんか、頭に響いた。この声に頷け（うなず）ばいいの？」

「うん、そうそう」

パーティシステムはゲームと同じように使えるようだ。

いろいろと便利な機能で、マップでメンバーの位置がわかるしチャットが使える。

それに、倒した魔物の経験値がパーティで分配される上にパーティボーナスが加算。

いくつかのスキルはパーティ全体に効果がある。

その他、お得要素がいっぱい。基本的にソロお断り仕様だ。キ○トくんですら無理ゲーって言ってパーティメンバーを探すレベルでソロはきつい。

頭の中にホムラちゃんが了承した、とメッセージが響いた。

「これで一緒に戦う仲間になったね」

「まだ、ホムラはアヤノのお手伝いするか決めてない」

「でも、今日食べるごはんの材料集めだよ。狩人だよね？　家長が家族にごはんを食べさせるのはわかるけど。ホムラちゃんの家だと、家長以外は働かないのかな？」

「……お手伝いする。家長のお手伝い、大事」

そこも記憶があるんだ。

朝もいろいろと聞いてみて、本当に何も覚えてないようだけど、常識とか、しきたりとかは知ってる感じだった。

「じゃあ、今日は手伝ってもらっていい？」

「わかった。お手伝いする」

「はい、これ」

「弓はけっこう得意」

それは良かった。

この弓は今朝買ったばっかりのやつ。モヒカンの財布がめといて良かったよ。

だって、ゴブリン数匹倒しただけのお金じゃ買えないし。

「私の指示通りに動いてね。言うこと聞かないと死ぬから」

「……けっこう過激」

ちょっとおどおどしてる。

やっぱり可愛い。

◇

アルシエの周りにいる魔物は低レベル。ゴブリンと虫と植物系しかいない。

なのでちょっと遠いけど、近隣エリアの森へと足を運ぶ。

「約束ごと。指示した魔物以外には絶対に攻撃しない。私の二歩後ろに絶対いること」

「わかった」

パーティメリットの一つ。

仲間のステータスが見れらる。

ホムラちゃんのステータスにはすごく興味があった。

「けっこう、ホムラちゃんって力持ちだよね」

「ホムラたちの一族、みんな力持ちで足が速い」

ステータスというのは、種族と職業とレベルで決まる。

　ホムラちゃんのステータス総合値は、ゲームで本来選択可能な四種族よりも高い。プレイヤーからしたら、チートだチートって騒ぎたくなるレベル。

　とくに素早さと力が抜きん出ている。獣人の完全上位互換。

　そもそもイベントキャラにしかない固有スキルが三つあって、二つはぶっ壊れだし。

　最後の一つなんて「⁇⁇」なんて怪しさしかない。

　私のハイエルフみたいに特別な種族なのは間違いない。

『でも、ゲームのときにキツネ耳の獣人なんていなかったよね。プレイヤーキャラとしてエディットできないし、イベントキャラでも見たことがない』

　超やり込み勢の私が知らないなんて異常だ。ゲームには存在していなかった？　あるいは今後実装予定だった？

「ホムラの顔になにかついてる？」

「ううん、大丈夫だよ。ちょっとぼうっとしちゃってただけ」

「アヤノ、装備終わったよ」

　ホムラちゃんのステータスを確認。ちゃんと弓が装備されている。

『……ああ、やっぱりやってるなぁ』

　装備画面を見て驚いた。

　ホムラちゃんの装備、防具上と防具下の一体型で「⁇⁇の巫女服（みこふく）」とある。

可愛らしい服だけど、巫女服ってことは何かの巫女。そして、その何かが伏せ字って怪しさしかない。本当にこの子はセカイ系。つまり重要イベントキャラなのはほぼ確定だ。

「アヤノ、またぼうっとしてる」

「ごめんね、ごほんっ。じゃあ、ここからは本当に気をつけてね」

こくりと頷いて、それから私の裾を握るホムラちゃん。

守りたい、この笑顔。

「あれが、ターゲットだよ」

「大きなイノシシ、美味しそう」

脳裏に真っ赤なモンスター名が浮かんだ。

真っ赤ということはレベル差が五つ以上ってこと。ちなみに五から先は全部真っ赤で、どれだけ差があるかはわからない。

このゲーム、レベルが五つ上だとまず勝てないんだよね。

名前が赤かったら、死ぬから逃げろっていうのが鉄則。

でも、例外はある。圧倒的に相性が良く、極めて性能のいい装備がある場合。

「あの魔物はね、ウリウリっていって、見た目の通りイノシシ系。攻撃力と防御力は高いけど、それ以外は低いし遅いの。魔法防御なんて紙」

「いざというときは逃げられる？」

「うーん、ホムラちゃんはいけるけど私は無理かな」

ハイエルフも素早さは高い。とはいえ、ホムラちゃんはさらに上を行く。

私はウリウリより遅くて逃げられないが、ホムラちゃんは逃げられる。

「追いつかれたら？」

「一発は耐えられるけど二発目で死ぬかな。それと突進スキルには注意して。射程は二メートルで、あいつは必ず射程に入りしだい使う。速くて威力が高い。喰らうと即死だよ」

「……今すぐ逃げよ。死にたくない」

「大丈夫だよ、私が前に出るから追いつかれても死ぬのは私だけ。そのときは一人で逃げてね。ホムラちゃんの速さなら逃げられるよ」

「本当にそのときは逃げる。いい？」

「うん、いいよ。どっちみち、突進打たれた時点で私は助からないしね」

私は杖を構える。

私を浮遊島から投げ捨てた母がよこしてくれた杖。

道具として使うと魔力を使わずに魔法が発動するタイプの貴重なアイテム。

NPCエルフの基本装備、エルフの杖。

ム◯ー戦における炎の爪ぐらい、序盤は強い。

「私が最初に魔法で攻撃して、当たってから弓をお願い。絶対だよ」

「そうしないとどうなるの？」

「私が死ぬ。それと弓が当たったら、全力で距離を取りつつ打ち続けて」

「エルフってアヤノみたいな命知らずばっかりなの？」

「うーん、そうかもね。生まれたばかりの子供を浮遊島から投げ落とす種族だから。それで生きていた強いエルフだけが大人になるの」

「頭がものすごくおかしい、エルフ怖い」

私もそこは同意かな。

「じゃあ、行くよ。【フレイムランス】」

というわけで、数歩下がり、射程ギリギリから道具効果の【フレイムランス】を放った。

ウリウリに炎の槍(やり)が着弾。ウリウリはアクティブモンスター。まだやつの知覚の外だけど、ダメージを受けてこっちに気づいて走ってくる。

でも、遅い。

リアルイノシシよりだいぶ遅いんじゃないかな？　それでも私より速いけど。

「射るっ」

「うん、うまいうまい」

というか、美少女キツネ耳少女って矢を射る姿も可愛いな。

イノシシが迫ってくる。

矢が当たると、アタックエフェクトと共にノックバックが起こり、動きが止まった。

ウリウリは怒り、再び走ってくる。私たちは全力で逃げるが距離が詰まっていく。

残り距離は二メートルと半分。そこで二発目の矢が当たり、再度ノックバック。

あと五十センチで突進スキルの射程。

「計算通りだね」

炎の爪ぐらい便利なエルフの杖。

でもリキャストが発生し、二発目が打てるまで時間がかかる。

『ホムラちゃんに弓を打ってもらっているのはダメージのためじゃない』

ウリウリの適正レベルは二十。レベル差とステータス差でダメージはほぼゼロ。

でも、逃げながら弓でノックバックさせることで時間が稼げる。ぎりぎりで【フレイムランス】の二発目が間に合う。

一人では勝てないが、ホムラちゃんがいれば勝てる。

さらに距離が縮まり、突進スキルの予備モーションに入った。

発動までコンマ三秒かかる。

でも……。

「コンマ二秒も余ったね。【フレイムランス】」

炎の槍がウリウリに直撃。

悲鳴をあげたあと青い粒子になって消えていった。

レベル差ボーナス込みで莫大な経験値が体に流れ込んだ。

一発でレベルアップ。

魔物を倒したことでお金も手に入り、さらにはアイテムもドロップした。

「あっ、【豚肉（下）】だ。幸先いいね」

ウリウリはイノシシだけど、そのあたりは適当で豚っぽいやつはだいたい豚肉をドロップするし、鳥系の魔物はだいたいとり肉をドロップする。

「すごい！　大物仕留めた！　それにレベル上がってホムラ強くなった！」

「ウリウリ、炎が弱点で魔法防御が絶望的に低いの。この杖の魔法なら二発で沈むんだ」

それでもぎりぎりだけど。

炎ダメージが二倍になる弱耐性で、魔法防御がほぼゼロという条件でぎりぎり確定二発。

「アヤノ強い。魔法使いだったの？　かっこいい」

「まだ無職だよ。これは道具の力」

尊敬の目が眩しい。

緊張でしぼんでたキツネ尻尾が再びもふもふになった。

全部投げ出してもふりたい気持ちを抑える。

「この調子でがんばろうか。お肉も手に入ったし、じゃんじゃん稼ごう。レベルも十五ぐらいまではさくさく上がるはず」

「すごい、十から先は一つ上げるのに一年かかる。十五から先はぜんぜん上がらない。二十は超すごいってお父さん言ってた」

ホムラちゃんの記憶喪失の基準がよくわからない。

「お父さんのこと思い出した？」

「ううん、でもそんな気がした」

「残念。でも、この世界だと二十レベルになったらすごいってのはいい情報かも。言われてみれば、街中で俺はすごい強いって顔している人も、二十レベルいってない感じがするし。ここで狩りすれば、すぐにそういう人たちに追いつけるよ」

レベルが五以上高い人は全員名前が赤いので正確なレベルはわからない。

でも、装備と動きの速さでだいたい読める。

腕自慢で、十五レベル〜二十レベルってのは間違ってないと思う。

「レベル上がったら、ホムラたち、怖い人たちが怖くなくなる？」

「とりあえず互角の強さだね。それに私たちって速く動けるよね？　レベル十五になったら怖い人に襲われても確実に逃げられるようになると思う」

もともとエルフも獣人も素早さ補正がかかる種族。

そして私たちはその上位種でさらに速い。人間に追いつかれる理由がない。

「安心安全！　狩り、がんばる」

この世界の人たちは、身近にいる一番弱い魔物をひたすら狩って強い魔物には挑まないのだろう。それだと逆補正がかかってぜんぜんレベルが上がらない。二十レベルが限界。

まあ、そうだよね。ゲームならやり直しが利く。でも、一回死ねば終わりな世界で、経験値ボーナスが美味しいから格上と戦うなんて人がいたら、そいつの人生はきっと短い。なかには一回死んだら終わりの世界でも命をかけるバカがいるかもだけど。

「じゃあ、次のウリウリを倒そう。耳をすませて。ホムラちゃんの耳が頼りだよ」

「だいじょうぶ、ホムラの耳は三百メートル先に落ちたコインの音もわかる」

「すごいっ。けど、そんなのやったことあるの⁉」

オタクの文言みたいなやつじゃんっ。

「わかんない。なんかできる気がした」

「あとしつこいけど、ウリウリ以外は絶対に攻撃しちゃだめだし、近づいちゃだめだからね？　ウリウリ以外はこっちから殴らない限り襲ってこないけど、殴れば襲ってくるから」

このあたり、ウリウリ以外の魔物も適正レベル二十ぐらい。

まともにやりあえば死ぬ。でもウリウリ以外はアクティブじゃなくてパッシブ。

だからこそ、ここはウリウリさえ気をつけてカモにしたら理想の狩り場。

ゲームのときからゴチになってますっ！

「もし、攻撃しちゃって襲われたら？」

「死ぬ。ウリウリは魔法防御があほみたいに弱いし炎が弱点だから強くても倒せるけどね、他のはそうじゃないから。絶対に勝てないよ」

「……やっぱり、アヤノは頭おかしい。でも、たぶん、正しい」

「へえ、どうして？」

一回死ねば終わりで、ミス＝死なんて、頭おかしいことやってる自覚はある。

「だって、ホムラたちは狙われてる。悪い人に見つかったら終わり。どうせ、命がけなら、強くなるのに命かけたほうがいい」

「うん、その通りだね。弱いまま生きるのも命がけだし、それに……」

「それに？」

「リスクを負ってでも強くならないと、そのうち、このあたり一帯、街ごと滅びるから」

「っ!?　それ、ほんとう!?」

「残念だけど本当だよ。それまでに強くならないとね」

ゲーム通りなら、世界の滅びを巡るグランドキャンペーンが始まる。

最初に狙われるのは、このあたりの地域だ。

八つの災厄がこの世界を襲う。失敗すれば街一つが侵略者に取り込まれて消滅し、やつらの拠点となる。

これをクリアするのが女神の言う世界を救えってことだと現時点では推測している。

超難易度の八つの災厄とはいえ、最初だけはチュートリアルで難易度がマシな調整されている。

それでも……。

『最低でもレベル三十五、できればレベルキャップの四十まで上げたい。それにたくさんのプレイヤーが必要。私一人じゃどんなにがんばっても無理』

私一人じゃどうにもならない。

オンラインゲームの強さとは数だ。

最適ビルドを突き詰め、レベルをカンストさせ装備を整えても一騎当千にはなりえない。

公平なバランス調整がされている。中級者と比べたら一・五人分の働きってところ。

一人の廃人より二人の中級者を並べたほうが強い。

街を見た感じ、現地人は戦力として数えられない。転生したプレイヤーだけが頼りだ。

だけど……それだけでは足りない。

「どうしたアヤノ？　変な顔をしてる」

「晩ごはんのメニューどうしようかなって」

「楽しみっ！」

転生したとき、女神がトッププレイヤー三百人に声をかけたと言っていた。

　でも、そもそもグランドキャンペーンは参加者千人を前提として調整されたイベント。

　三百人全員がこちらに来ていてもクリア不可。人手が足りなすぎる。

「ホムラちゃん、たくさん食べて大きくなってね」

「んっ、任せて。ホムラ強くなる」

　プレイヤーの数が足りない、現地人は弱くて戦力にならない。

　ならば、現地人をプレイヤーが鍛えて強くするしかない。

　まずはホムラちゃんで試してみる。

　もし、彼女が強くなれれば他の子たちも強くなれるはずだ。

　現時点では、それ以外に世界を救う方法はない。

　グランドキャンペーン攻略＝世界を救えとは決まっていないけど、強くなること、戦力を増やすことは絶対に必要だ。

　だから、私はホムラちゃんといちゃいちゃ楽しく冒険しながら世界を救う可能性を探っていくと決めたのだ！

第五話 ✦ 百合営業を続けてガチになる子っているよね

フードで耳を隠して街を歩く。

危険人物だらけのアルシエに戻るのは考えものだけど、二つ理由があった。

一つは、十五レベルになったら解禁される転職イベント。

そのうち、隠し職業のシノビはこの街じゃないと受けられない。

ホムラちゃんにはシノビになってほしい。

シノビは回避盾になれる。攻撃を一手に引き受けてパーティを守る役目だ。

騎士系みたいに硬さで守るのではなく回避で守る壁がシノビ。

『この世界じゃ、騎士系のタンクは無理なんだよね』

というのもタンクは装備に超一級品を揃えないとボス級の火力を受けきれない。

しかし超一級装備の素材はドロップ率が低くて自力で素材全部を集めるのは不可能。

市場に流れたのを買い取ることが前提だけど、ゲーム時代に素材が市場に出回っていたのは数万人のプレイヤーが熱心に狩りをしており、不要なものを売っていたからだ。

でも、女神が声をかけたのは三百人。その程度の人数だと市場が成立せずに、必要素材を買うことはできない。

『装備を妥協したタンクはカスだよね』

その点回避盾ならある程度の装備妥協は許される。その代わり、必中系の範囲攻撃には無力だし、騎士系ビルドと比べて魔法防御がカスという弱点もあるがスキル次第で補える弱点。総合的には回避盾だと思う。

「ねえねえ、ホムラちゃん」

「なに、アヤノ？」

がんばったご褒美ということでお菓子を買ってあげた。小麦に油と砂糖を練り込んで焼いたアメリカ人好みの浅ましい食い物。声優のときは太るのが怖くて食べられなかった。

「こう、短い剣を持って、しゅんしゅんって見えないぐらい速くて、しゅぱって斬りつける職業ってかっこよくない？」

「なにそれ、かっこいい」

「そもそも職業って知ってる？」

「お仕事のほうじゃなくて強くなるやつ？　知ってる。一族の中だと狩人《かりゅうど》が憧れ」

一族とよく言うが、一族の名前を聞いても思い出せないらしい。

やはり怪しすぎる。意図的に忘れさせられているとしか思えない。

「……へえ、狩人の転職イベントを受けられるってことは、ベラムかマルタあたりかな。

こほんっ、それで、速くてかっこいいシノビになりたくない？」

「なりたいっ、職業ほしい。でも、ホムラはレベルが低いから」

「今日だけで三つ上がって十三だよね？　ホムラちゃんの一族だとレベル一つ上げるのに一年かかるらしいけど、私に任せたら明日には十五にしてあげる。そしたら転職できるよ」

「アヤノ、すごいっ」

またもやきらきら憧れ視線。そして揺れるもふもふ尻尾が尊い。

ホムラちゃんが可愛すぎて辛い。

はぁはぁ、お姉ちゃん、ダメな道に踏み込んじゃいそうだよ。

街で使わない素材を換金した。

現地人の店ではなく、女神がやってる神様の店。ここでは魔物を倒して得られるお金を使えるし、アイテムを買ってもらえる。

人間ではなく人形が店員で不思議な光景だ。現地人も利用していてびっくりした。

ウリウリは【豚肉（下）】の他にも毛皮とか骨とか牙も落とす。毛皮は序盤装備で使えるのでいくつか取っておいて後は売り払うとけっこうなお金になった。

「まだまだ足りないなー」

「ん？　お金はたくさんある。なんでも買えそう」

「変身の首飾りを買いたいけどすっごく高くてね。これがあると人間のフリができるんだ」

「そんなのあるの？」

「今後絶対必要だし、この街にしか売ってないからね」

それがこの街に留まる理由の二つ目。

種族システムは概ね好評だけど、そのせいで性能にこだわると好きな職業と種族の組み合わせができないという問題に直面する。

例えば、ケモ耳魔法使いとか見た目最強だし。妖精侍とか私的にはけっこうあり。

でも、獣人はかしこさにマイナス補正がかかる。ケモ耳魔法使いは弱すぎるのだ。

そんなプレイヤーの不満を解消するために、見た目だけ種族を変える首飾りが作られた。

「人間に化けたら安全。でも、ちょっといや。尻尾には自信がある。ホムラは尻尾美人。一族の中でも一番」

ふりふりっともふもふキツネ尻尾を見せつけて揺らしてくる。

それ、お姉ちゃんを誘っているのかな？

「可愛いよ、ホムラちゃん、超絶可愛いよっ」

お姉ちゃんは可愛い子ギツネちゃんを食べちゃう狼さんになっちゃいそうだよ。

「わかってくれてうれしい」

「可愛いけど、危ないから尻尾しまおうね？　さらわれちゃうよ」

「残念」

私なんていきなり、ヒャッハーって叫ばれながらクビに縄かけられたし。

油断はよくない。

「安心して、見た目が変わるのは首飾りつけてる間だけだから」

「それならほしい。アヤノもかわいい。人間になるのもったいない」

「もう、ホムラちゃんったら」

愛おしすぎて抱きしめて、なでなで。そしてもふもふ尻尾をにぎにぎ。女の子同士ならいいよねっ！

「んっ、あっ、やめて、アヤノ、なんかやらしい」

「はぁはぁ、可愛いよ、ホムラちゃん可愛いよぅ」

「そろそろ怒る」

「ごめんね、つい」

即離れる。

私は猫に構いすぎて嫌われるタイプだ。

「それより、ホムラはお腹空いた、ごはん作って。今日は美味しいごはんを作ってくれる約束」

「うん、そうだね。お姉ちゃんが美味しいごはんたくさん作っちゃうから」

「ん？　お姉ちゃん？　ホムラのほうがたぶん、年上」

ホムラちゃんより私のほうがちょっと身長が高いし。

感覚的に私が十五、六歳でホムラちゃんは十三、四ぐらいに見えるけど。

胸は若干ホムラちゃんのほうが大きいけど。そこも含めて、可愛い。

「実はこう見えて、だいたい二十歳なの」

「ホムラより年上⁉」

「エルフって若作りだから」

前世を合わせたら、それぐらい。

まあ、こっちがほぼゼロだけどね！　あとだいたい二十ってのがミソ。嘘は言ってない。

上か下かはご想像にお任せするよ。

「すごい、エルフって不思議」

興味津々なご様子だ。

エルフの仲間たちごめん、プレイヤー仕様をエルフの体質にしちゃった。

まあ、いいや。あいつら絶対許さないし。

なんなら邪眼移植してもらって、浮遊島を見つけ出して復讐するかも。別にA級妖怪じゃないし、氷泪石も持ってないけどね。

◇

お料理、お料理、楽しいお料理。

宿に戻って料理をしていた。

「不思議、人間の街ってそんなのあるの？」

「女神の力だよ。携帯お料理セットは便利だね」

女神の店には不思議な道具がたくさん並んでいる。

この携帯お料理セットはゲームのときだと、指定食材と油だとか調味料をセットしてポチッと押せばお料理ができるアイテム。

お料理ごとに回復とかバフとかあって、素材と合わせて持ち歩くのが常識だった。

さっき、試しに指定食材で自動調理ボタンをポチったら料理ができた。見た目はいいのに味がなく、紙粘土みたいな食感だった。

「アヤノ、その水どこから出てるんだろ？」

「わかんないよ」

自動調理はだめだったけど調理器具として使えるみたいなので、これを使って普通に調理してみる。

見た目は二口ガスコンロに鍋とフライパンが乗っていて、タンクが繋がってない蛇口があり、でかいまな板には包丁が刺さっており、シンクもある。

ガスが繋がっていないのに火はつくし、水道と繋がってない蛇口から水は流れ続けて、シンクに流したものは消滅する。

一通りの料理ができそうな感じ。

ドロップアイテムの【豚肉（下）】を薄く切ってさっと両面焼く。味付けは塩オンリー。

「いい匂いがする。美味しそう」

「ホムラちゃん、つまみ食いする？」

「するっ！」

そう言うので、塩だけ振ってふうふうしてから、大きく開けた口に入れてあげる。

「美味しい！」

私も食べてみる。ちゃんと味がする。

さっき自動で作ったとんかつは紙粘土味だったのに。素材のほうはちゃんと味がする。

【豚肉（下）】は低級ドロップ品なせいか、日本人基準だとあまり美味しくない。特売品のカナダ産豚肉よりちょい下ぐらいな感じかな？

でも、これなら料理で十分に美味しくできる！

ホムラちゃんのお腹がぎゅるぎゅる可愛く鳴っているので、ちゃちゃっと作れるものにしないとね。

女神の店で自動調理に使う調味料はだいたい売っていたので味付けには困らない。

調味料の味見もしてみると、全部ちゃんと商品名通りの味がした。……でも、激安スーパーのプライベートブランドぐらいの味だ。ＳＢレベルがほしい。

「コンロが二口なのはありがたいなー。一口じゃろくなの作れないし」

豚肉をちょっと薄めのとんかつぐらいに切って隠し包丁をいれる。【豚肉（下）】はかなり固めで、筋張ったロース肉って感じでしっかり筋を切っておかないと嚙み切りにくい。

小麦粉をまぶして焼き、別のコンロでフライパンに油を引いて玉ねぎと人参と謎キノコを炒めて、隠し味に醤油を垂らしてからケチャップを投入。仕上げに風味付けのお酒を少々。

醤油がある異世界ってなんだろうなって思いつつ、豚肉の中まで火が通ったぎりぎりの瞬間を見切って、ステーキ風に焼いた豚肉をまな板に。

一口サイズに豚肉をカットしてから皿に盛り付け、その上にケチャップ醤油で炒めた野菜たちをたっぷり乗せる。

「はい、特製ポークチャップ完成。付け合せはパン。お腹いっぱい食べてね」

「いい匂い！　美味しそう！　森の精霊に感謝を」

ホムラちゃんはフォークを逆手に持って、肉に突き刺す。

そして、思いっきり頬張った。

もぐもぐ夢中で食べてくれてる。気持ちいい食べっぷりだ。

それをぼうっと見続ける。

可愛すぎる。

美味しそうに食べてもらえると嬉しいな。

ずっと自分のためにしか料理してなかった。

料理が好きだから、研究も工夫もしてきた。美味しいものを食べるのは幸せだけど、楽しくはなかったんだって気づく。

だって、こんなふうに胸がいっぱいになって、ポカポカして、もうごちそうさまって感じ、今まで知らなかったし！

「美味しかった。あっ、アヤノ。ごめん。アヤノの分まで食べちゃった」

「別にいいよ。お肉はまだまだあるし」

今日は一日中、ウリウリを倒していた。

手元には四キロの【豚肉（下）】がある。二人だと一月ぐらい持ちそう。

「まだ食べたい？　それなら私の分といっしょにおかわり分も作るよ」

「食べたいっ！」

口にケチャップをべったりつけて、食い気味に言ってきた。

「うん、作ってあげる。その前に、お口を綺麗にしてあげる」

その口についたケチャップを舐めとってあげたいけど、嫌われたくないので普通に拭く。

「ありがと、アヤノ。それとね、いろんなの消したり、出したり、どうしてる？　ずっと不思議だった」

「不思議って、道具袋だけど？」

「道具袋？」

首をかしげて不思議そう。

……そういえば、プレイヤーは当たり前にもっている能力だが、ゲーム時代ですらNPCが使っているのを見たことがない。

これはプレイヤー特有の能力なのかな？

ちょっと大事な情報かも。プレイヤーかどうかを見破れる。

「エルフの特技なんだ」

「エルフすごいっ」

またもやエルフのせいにしてしまった。

これから、怪しいのは全部エルフのせいにしちゃおう。

それから、ホムラちゃんがお腹いっぱいになるまで肉を焼き続けた。

けっこう食べるようだ。

私はかしこいので、今後食事を作る量を覚えておく。

ふむふむ、キツネ耳美少女はパンとお肉を三百グラム。野菜ほどほどでお腹いっぱいか。

けっこう食べるね。転生前にそんなに食べてたらステージ衣装破いちゃってたかも。

食事が終わる。

デザートに屋台で買った怪しげなフルーツを食べているけど、これが絶妙に不味い。妙にすっぱくあんまり甘くない。

「それ、美味しい？」

「ふつー」

さすがにこれはホムラちゃんにとっても微妙なようだ。

「それで、ホムラちゃん。どうだった？　私に家長の資格はあるかな？」

もともと料理を披露したのは、ホムラちゃんに旅のお手伝いをしてもらうため。

ホムラちゃんの一族だと家族に美味しいものを食べさせるのが家長の義務だった。

「アヤノのごはん、美味しい。それに強くて、優しい。ホムラはアヤノのお嫁さんになる」

そう言って、抱きついてチューしてきた。

ちょっ⁉　まっ⁉　なにこれ⁉　夢ですかっ！

「ホムラちゃん、どういう⁉」

「うんっ？　ホムラはアヤノとずっと一緒にいる。アヤノが家長でごはん食べさせてもらう。だから、ホムラは嫁」

心底、当たり前だろ。なに言ってるんだこいつ？　みたいな目を向けられている。

はわわわあわ、想定外だよ。

すごい、ホムラちゃんの一族、先進的すぎる。

「アヤノはホムラが嫁なのは嫌？」

「大歓迎だよ。ホムラちゃんは私の嫁っ！」

私はホムラちゃんに抱きついて、ぎゅっとしてくんかくんか。

「アヤノ、苦しい」

「可愛いよ、ホムラちゃん、可愛いよっ」

断っておくが私は百合じゃない。

そりゃ百合営業してたけど事務所からのオーダーだし、ブームが変わったらボッチ営業に方針変更させられた。その程度だ。

だけど、ホムラちゃんが可愛すぎて本物になりそうだ。

「ホムラちゃん、一生大事にするよ」

「んっ、わかった。でも、重いからどいて」

拝啓、竹ノ塚のお父様、お母様。突然ですがアヤノにお嫁さんができました。

たぶん、一生会わせてあげられませんがアヤノは幸せです。

正直、この世界はまじでくそだなって思いかけてたの。

でも、そんなのが全部チャラになるぐらい幸せを感じてる。

だって、ホムラちゃんが可愛いからっ！

そもそもホムラちゃんって私の理想の女の子だし。

うん、浮遊島から捨てられたこととか、街でいきなり拉致られて売り飛ばされそうになったことも許せそうだよ。

ありがとう女神様、この世界に連れてきてくれて。

しょうがないから、言われた通りこの世界を救ってあげるよ。

私とホムラちゃんの愛の力で！

第六話 ✦ どうして激しく動くのにスカートを穿くの？　痴女なの？

私の嫁のホムラちゃんがベッドの横ですやすや眠っている。守りたい、この笑顔。

ホムラちゃんを起こさないように気をつけなら頭を撫でる。転生後は自分のさらさらな髪をけっこう気に入っていたけどそれより好きかも。

ホムラちゃんの柔らかくてふわふわな毛質もいいなぁ。

ホムラちゃんはお日様の匂いがする。

そうしているとどんどん眠くなってきて、私は意識を手放した。

夢の中だ。夢の中なのに妙に意識がはっきりしてる。

そこには肌も髪も服も何もかも白い美女がいた。

「こんばんは！　システム管理し……ごほんっ、女神ですっ！」

「それもう完全に言っちゃってない？」

せめて、シスあたりで止めていたら考察のしようがあったのに。

女神は私のツッコミを無視して話を続ける。

「無事、あなたの縁を紡ぎましたね。【ミッション一．縁を紡げ】クリアですっ。それによりプロテクトが解けたので、世界の真実を一つ教えてあげます」

……ああ、やっぱりホムラちゃんとの出会いは、転生時のアレが影響していたのか。

私の言った通りの子だもん。そんな気はしていた。

「安心してください、出会うよう導きました。でも絆を育てるのはあなた方。彼女の気持ちは本物ですよ。それでは本題。今、明かされる衝撃の真実！　この世界を救えと言った意味とは⁉　ずばりっ！　グランドキャンペーンを攻略しろって意味なのです‼」

「……予想していた答えだけど、外れて欲しかったな」

ゲームでも体験したイベント。

サービススタートの二ヶ月後に第一弾があり、そのあとは一ヶ月ごとに用意された合計八つのイベント。

毎回、東京タワークラスの大きな黒い塔が主要都市の近くに落ちてくる。その塔は侵略者の拠点であり、侵略者はさまざまな手を使い人々を虐殺し、街を侵略しようとする。それをプレイヤーたちが防ぐ。それこそがグランドキャンペーン。

単純な総力戦だったり、謎解きメインだったり、毎回趣向が違う。

失敗すれば、黒い塔によって主要都市が侵略され、街は破壊され作り変えられ奴らの拠点になる。そして住民は洗脳されるか殺されてしまう。

四つの街が奴らの拠点となったとき、世界は奴らのものとなる。

逆に言えば三回までは失敗していい。……と割り切りたくはない。侵略された街の様子は一言で表すなら〝胸糞悪い〟。

「あなたがギルドマスターを務める、グレートボスはいつも大活躍でしたね。来てもらえて心強いです。もう、余裕ですね！」

「余裕？　まさか。私たちは八つの災厄のうち二つも失敗した。数十万人のプレイヤーがいたのにね。今回、女神様が声をかけたのってたった三百人だよね。無理があるよ。八つの災厄はすべて千人以上が参加する前提の難易度なのに」

一発勝負の超難易度。

洒落になっていないのは本当に街が滅びること。

私たちが守れなかった二つの街、そのうち一つはよりにもよって、一番人気の街で作品の顔とも呼べるキャラたちがいた。

なのに街が滅びて、奴らの拠点となり、人気キャラが殺されたり、洗脳強化されて敵に寝返ったときには運営の頭がおかしいと確信した。

当時私はパッケージ版にでかでかと描かれていた聖女様に殺されて悪夢かと思った。

「安心してください。そのための縁システムです。……そして、私の声かけに応じ、この地に舞い降りた二百四名の英雄たちには、英雄たりえる力を与えます。それは仮初めの世界で得た力を顕現させる力。ブレイヴシステム」

二百四人。百人弱は断ったってことか。

さらっと言ったが、この世界にいるプレイヤーが二百四人というのは大きな情報だ。

そして、女神に説明されたブレイヴシステム。それは……。

「とても強い力だね。でも、それだけじゃ足りない。縁を紡ぐこと、きっとそれこそが……」

オンラインゲームは数が力。

英雄の力は凄まじいが、それを覆すほどではない。

ブレイヴシステムはおまけだろうね。

プレイヤーだけじゃ勝てない。だから縁を紡いで、広げる、そちらこそが本質。

「時間切れです。それではがんばってください。この世界を楽しみ、救ってください。私たちはそれを望んでいますから。なにより、あなた自身の願いを叶えるために」

そして、夢が終わる。

◇

朝ごはんを楽しんでいた。

「このパン、美味しい。アヤノはすごい料理上手。幸せ」

朝ごはんは牛乳と卵サンド。

卵は市場で買ったやつで、牛乳は女神の店で回復アイテムとして売られているものだ。

牛乳はなかなか回復量が多くて有用なアイテム。

そして、けっこう美味しい。

「市場の商品、肉はけっこう怪しいけど卵と野菜はまともなんだよね。常温保存で悪くなるのがだめなのかな」

卵も野菜も常温で腐らないが、肉はやばい。

肉だって血抜きを徹底的にやってたら、常温でもけっこう持つけど適当っぽいんだよね。

「ウリウリのお肉美味しい。ホムラ、もっと狩りたい」

「アイテムの肉は腐らないしそれでいいかもね。でもね、【豚肉（下）】は一番ランクが低いお肉なの。強い魔物を倒せば、もっと美味しいお肉が食べられるよ」

「あれより美味しいお肉!!」

目をきらきらさせて身を乗り出してくる。

「うーん、フレーバーテキスト……ごほんっ、えっと簡単な説明だとね、【豚肉（下）】は質が悪いお肉。並が普通のお肉。上が美味しいお肉、特上がとっても美味しいお肉ってなってるの。今食べてるのより美味しいのが三つあるんだ」

そして豚肉とかとり肉とか雑なカテゴリーわけをされないユニーク食材ってのもある。

そっちのフレーバーはすごいことになっており、特上のさらに上の美味らしい。

「すごい、食べたい。特上ってどんな味？」

キツネ耳をぴくぴくさせながらホムラちゃんは夢の特上肉に思いを馳せている。

脳内データベースを検索するとたしか適正レベル八十ぐらいの敵か。

「私も食べたことないの。でも、いつか食べさせてあげる。すっごく先の話だけどね」

「楽しみ、約束！」

こっちでも指切りがあるみたいなので指切り。

うっ、余計に、本当に私の嫁になっていいのかって言い出しにくくなってきた。

それでも言う。

今のままじゃ騙しているようなものだし。

言いにくいことほど、すぐに言う。じゃないとどんどん言いにくくなるってのが信条。

「えっとね、これからの話だけど」

「うん、ホムラはアヤノの嫁。ついていってお手伝いする」

「ちゃんと、お話ししてないことがあったの。えっと、私はね、実は世界を救う旅をしてるんだ。空から暗黒の塔が降ってきて、塔がものすっごく悪いことをするの。それと戦う」

ついさっき夢で女神に教えられたことだ。

失敗するごとに街が滅ぼされ、奴らの拠点となる。

そして、侵略された街が半分を超えると、侵略者に世界そのものが侵される。

「知ってる。うちの一族に伝わるおとぎ話」

「えっ⁉」

「でも、これからって知らなかった。いつかそうなるってお話」

グランドキャンペーンが伝承されてるの⁉　っていうか、ゲーム時代のＮＰＣでも知っている子ってほとんどいなかったのに。

それこそイベントそのものに関わってくる子たちしか。

逆説的に言えば、ホムラはイベントのキーキャラクター？　だとするなら、妙に高いステータスも理解できる。

でも、それならそれでおかしい。

私たちのギルドは、グランドキャンペーンの復刻イベントが起こる可能性を信じて、二度とあんな悔しい想(おも)いをしないように徹底的に調査し、対策を考えた。

私がグランドキャンペーンに関わるキャラを知らないなんてありえない。

「あとで、その伝承を詳しく聞かせてね。でもね、その暗黒の塔に挑むってことは命がけになるんだ。ごめんね、ホムラちゃんにそういうことちゃんと言わないで手伝ってなんて言っちゃって。ずるいよね……今からでも断っていいよ」

「うーん？　別にいい」

「えっ⁉　命がけだよ」

「ホムラは狩人。狩りは命の奪い合い、獲物だって必死」

「そうだけど、もっと敵が強くて」

「強さは関係ない。気持ちの問題。それに今更。昨日だってアヤノに言われて命をかけた」

……昨日ノリノリでウリウリ狩りをしたけど。あれも命がけか。

ゲーマー特有の慣れで感覚麻痺してたけど十分に危険。

「本当にいいんだね」

「うん、いい。アヤノと一緒なら強くなれるし、楽しいし、美味しいもの食べれる。それにアヤノが好き」

「ううう、ホムラちゃん」

ホムラに抱きつくとよしよしと背中を撫でてくれた。

「アヤノはいい子」

「いい子はホムラちゃんだよぅ」

「世界救お、美味しいもの食べよう」

「ホムラちゃんは私の嫁！」

「そう言ってる」

最高のお嫁さんだ。

美味しいものを食べさせるし、甘やかしちゃうし、めちゃくちゃもふもふしてあげる！

今日も楽しくウリウリ狩り。

昨日より、だいぶ余裕が出てきた。

レベルももう十四。真正面から戦ったら絶対に勝てないのは変わらないけど、突進スキルを一発喰らっても死ななくなった。

気分的にものすごく楽。

「アヤノ、またウリウリ倒した。よゆー」

「気を抜いちゃダメ、ぜんぜん余裕じゃないからね」

一発喰らって死なない＝リスクがないわけじゃない。

突進のあとに攻撃をされたら死ぬんだから。

そうして、日がくれる前には二人ともレベル十五になった。

「じゃあ、街に戻ろうか」

「ううん、もうちょっとお肉とお金と経験値を稼ごっ。まだ疲れてない」

「それはダメ」

絶対にやったらダメな理由がある。

「どうして？」

「レベル十五になったら転職できるのは知ってるよね」

「んっ、知ってる」

「レベルアップ時に上がるステータス上昇値はね、職業によって決まるの。無職のときに
レベル上げたら、弱くなっちゃう」

この罠仕様で、初めて作ったキャラクターは破棄することになった。

ひどい罠だよね……レベル十五になったら即転職が必須。

「そっか、なら、今上げるのもったいない。ホムラが間違ってた」

「わかってくれればいいよ。早く帰ろう。ホムラちゃんの転職の準備もしたいしね」

「シノビ？　シュパパパでジュバンなやつっ」

隠し職業のシノビ。

昨日もちょっと街で聞き込みをしたけど、転生した今でもちゃんとありそうだ。

「そうそう、けっこう大変だけどがんばってね」

「がんばる」

私もホムラちゃんのサポートをがんばらないと。

「あっ、それとね、ちょっと実験がしたいの。いいかな？」

「んっ、いいよ」

「ちょっと私を殴ってみて、思いっきりね」

そう言うと、ホムラちゃんがすっごく嫌そうな顔をした。

◇

アルシエの街に戻って人通りのないところに行く。

「ホムラちゃん、さっきの実験の続き。もう一回殴って」

「ホムラはアヤノが好き。殴るの、いや」

「二人のため。本当に大事な実験だからお願い」

「……わかった」

目に涙が浮かんでいるのにかなり腰が入ったパンチが私の頬(ほお)にめり込み、吹っ飛ぶ。さすがの高ステータス。痛くて熱い。

血をぺっと吐き出す。頬が腫れ上がっていた。頭がぐわんぐわんしている。

道具袋から出した牛乳（回復アイテム）を飲むと痛みと腫れが引いていった。

「アヤノっ、大丈夫⁉」

「うん、大丈夫だよ。だいたいわかった」

「もうアヤノを殴るのいや」

うるうるな目でホムラちゃんが見てくる。涙目を通り越して、涙がこぼれている。

罪悪感がやばい。

「もう頼まないよ。ありがとね。おかげで大事なことがわかったの」

初めは違和感だった。

私はあの奴隷商二人組に拉致られた。首に縄をかけて引っ張られたり、顔を殴られたり、ボディーブローを喰らったり。

だけど、それはおかしな話だ。

ゲームなら全部ダメージエフェクトが出てHPが減って終わり。なのにHPは減らずに首にはあざができたし、顔を殴られれば腫れて、腹を殴られたら呼吸困難になった。

そして、私がモヒカンをぶん殴って、ウイスキーをぶっかけて火をつけたときもそう。HPが減ってなかった、でも大怪我をしていた。

ゲームではありえない。

ホムラちゃんに協力してもらった実験は街の外と中での違いを確かめるためのもの。

『外でホムラちゃんに殴られたときはHPががっつり減ったけど痛みはなかった。でも、街の中で殴られると痛いし、口の中を切った。代わりにHPは減ってない』

そこで出た結論は一つ。

「街の外と中じゃルールが違うのかな。切り替わりはプレイヤーキルが許される区間と、そうじゃない区間」

　たぶん、プレイヤーキルが許される街の外だとゲームルールに支配されて、攻撃されたときダメージでＨＰが減るだけで怪我はしない。ＨＰがなくなれば死ぬって単純なもの。

　でも、街の中だと現実と一緒。傷つけられたら怪我して死ぬ。

「ホムラにはよくわからない」

「うーん、あとで嚙み砕いて説明するね」

　この世界に住んでいる人たちは感覚で知っているんだろうな。

　宿に戻ろうとすると、大男二人に道を塞がれた。

「見つけたぞ、ロリエルフ」

「ロリエルフ言うなっ！」

　スキンヘッドとモヒカンの二人組がいた。

　あっ、ちょうどいい。実験台がほしかったところだ。

「えっと、なんのようかな？」

「俺の顔を焼きやがって、絶対に許さねえぞ」

　モヒカンは顔中にひどい火傷痕、でも傷は塞がっているようで包帯も巻いてない。

　現実なら考えられない回復の早さ。

「あっ、ちょうどいいところに。実験したかったの」

昨日調合したばかりの火傷治しを取り出す。

この世界には火傷っていう状態異常がある。

筋力と敏捷に大きなマイナス補正と、継続ダメージ。

致命的な状態異常だから、一発で火傷が治るアイテムである火傷治しは常備が必要。

ただ店売りはしてなくて調合が必要な上、けっこう素材集めがめんどい。あんまり使いたくないけど実験優先かな？

「何、笑ってやがる」

「まあまあまあ」

私は自分から近づいて小瓶の中身を顔面にぶっかける。

すると、ケロイド上になっていた顔が、たまご肌のつるつるに。

貴重な火傷治しを使っての実験は成功。

「……へえ、ゲーム的な状態異常じゃなくても治るんだ。じゃあ、病気は毒消しで全部治るのかな？　部位欠損回復だと腕とか足とか生えてくるのかな？　興味深いね」

「顔が痛くねえ！　治った、すげえ」

「兄ちゃん、鏡見てくれ、鏡」

「傷も治ってる。おい、ロリエルフ、ありがとな」

「良いってことよ。じゃっ、また今度」

「おう、また今度！　って、違う！　ぶち犯して、ぶち殺して、売り飛ばしてやる」

襲いかかってきた。

あはは、怖いな。

でも、愚かだなー。

だってちゃんと見えているはずなのに。

私は目を凝らしてモヒカンを見る。すると名前が脳裏に浮かんだ。

前見たとき、その名前は真っ赤だった。

レベルが五以上、上ってこと。身体能力もぜんぜん違った。

素手じゃダメージが与えられなくて、必殺サイドテーブル灰皿フルスイング（ウイスキー）でも、しばらく悶絶するだけで済んだ。

あんなのリアルなら確実に殺しちゃってるよ。

でも、今は真っ白。レベル差がなくなってる。

「知ってた？　レベル差がないなら……」

私をつかもうと両腕を広げて雑に突っ込んで来るモヒカンを白い目で見ながら、軽く躱しつつ前蹴りで股間を撃ち抜く。

「おほっ」

モヒカンは股間をおさえて悶絶する。

頭が下がったので、足を大きく上げ、踵落とし(かかとおとし)を後頭部に叩き(たた)つけた。

モヒカンが失神する。

「私のほうが強いよ？　武術の経験ないでしょ」

久々の踵落としで股が痛い。柔軟をさぼっていたせいだ。

今、ロリってるから体重がなくて、意識を刈るのにこういう大技が必要だったんだよね。

職業柄身につけていた体術が役に立つとは。

「くそロリエルフっ、兄ちゃんを、こっ、殺してやる」

スキンヘッドがナイフを取り出して構える。

「ふーん、得物を抜いたね」

私はエルフの杖(つえ)を取り出した。

【フレイムランス】をわざと外して放つ。スキンヘッドの顔面スレスレを通り抜けて後ろの壁に着弾。

石造りで良かった。木造なら大火事だよ。

「そっちが得物を抜くならこっちも抜くよ。今のは脅し、次は外さない」

リキャストでしばらく撃てないけど、向こうにはそれがわからない。

相手の怒りは虚勢だ。素人演技はあまりにも薄っぺらい。場数は踏んでいるが、弱いものいじめしかしてないタイプ。そういう奴は現場で山程見てきた。脅せば逃げる。

「あっ、あっ、あっ」

「エルフって平和と緑を愛するんだよね。そいつを背負って逃げるなら、許してあげる。三秒以内に決めて。三、二」

微笑（ほほえ）みかける。

逃げてくれたらいいな。殺しはしたくない。気持ち的にもシステム的にも。

「ごっ、ごめんなさい」

スキンヘッドがモヒカンをかついで消えていった。

「ホムラちゃん、ごめんね。怖がらせちゃった？」

「アヤノ、かっこいい」

たまに見せてくれる、きらきら尊敬お目目。

「ねえ、最後の足をどーんってしたの教えて」

「うーん、踵落としは魅せ技だから覚えなくていいよ。実用的なのを教えてあげる」

「みせわざ？　パンツ見せる技ってこと？　なんでパンツ見せるの？」

心底不思議そうに、邪気（じゃき）のない目でホムラちゃんは問いかけてきた。

そこで気づく。私はミニスカートで踵落としを決めたことに。

頬が赤くなってしまう。

「うわああああああああああああああああああああ」

炎上して声優の仕事干されてからはスカートなんてめんどくさくてずっとパンツスタイルだったから忘れてた。

今、ミニスカートじゃん……もうお嫁にいけない。

「えっとね、魅せ技ってのは、かっこいい技ってことだよ。かっこつけると相手が萎縮して、勝てないって思い込んでくれるの。でも、実用性はなくて」

「すごい、やりたい。パンツ見せ技教えて」

「だから違うの、魅せ技」

それからなんとか勘違いを訂正できた。もう踵落としは禁止にしよ。

……でもな、マミーがくれたエルフのローブ、めっちゃ性能いいんだよね。

パンツを見せないために、防具性能を下げて死亡率上げるってどうなの？

でも、乙女のプライドが。

私は死ぬほど悩んだあげく、パンツよりも命を優先した。

なにせ、私の命だけじゃなくてホムラちゃんの命もかかっているからね……。

まさかリアルで恥か命かの二択を迫られる日が来るなんて思ってなかったよ。

第七話 ✦ 美少女は路地裏を歩くだけで危険

ホムラちゃんの転職クエストのために装備を整えていた。

私たちは、人間がやっている店じゃなくて女神がやっている店に来ている。

使えるのは魔物を倒して得られるお金だけ。

店員はみんな人形で、私たちプレイヤーのように道具袋システムで異次元から荷物を取り出してくれるし、その在庫は無限。

ただ、あたりまえだけど女神がラインナップした商品しか買えない。

「うーん、ホムラちゃんの服は性能が高いから、そのままでいいね」

「良かった。この服とっても動きやすくて変えたくない」

私のエルフの衣装と一緒でかなり性能が高い。

⁇⁇の巫女服（みこふく）という、怪しさしかない名前だけど。

……やっぱり、ホムラちゃんはイベントキャラっぽいんだよね、デフォルト装備の性能が高すぎる。

「武器はナイフにしようか」

「剣のほうがいい」

「うーん、シノビになったあとのことも考えるならナイフのほうがいいかな」

「残念。剣、使ってみたかった」

今まで無職だから装備はなんでも良かったけど、転職すると装備適正に縛られる。

適切な武器じゃないと職業の恩恵が受けられない。

「じゃあ、この短刀っていうのは？」

剣とナイフの中間のような装備。

シノビだとこれも適正武器になる。見た目はナイフよりずっといいかもしれない。

だが、その分高い。性能は大して変わらないのに。

「短い剣、かっこいいっ。これほしい」

「こっちにしよっか」

「んっ、やった。ありがと、アヤノ！　やっぱり、これかっこいい！」

その分、私の装備を削らないとな。でも、ホムラちゃんが喜んでくれるならいいか。

ホムラちゃんが人形相手に決済を済ませた。

そのときに払うお金は魔物を倒したときに得られるお金。

この世界のお金には二種類ある。

それぞれの国が作った人間のお金と、女神からの報酬として与えられるお金。

前者は国が価値を担保しているけど。後者は、女神がこうして各街に用意したお店で交換できることが価値を担保している。

女神のお金だけだと不便だから、この世界の人間は自分たちのお金を作っているんだろうなと予想ができる。だって女神のお金は人間が自由に刷れないし。

「ホムラ、初めてお店入った瞬間、カードが出てきたときはびっくりした」

女神のお金は、魔物を倒せば自動的にカードへチャージ。Ｓ◯ｉｃａみたいなものだ。

女神のお店に入ると自動的にカードが手のひらに出現する。そのカードで買い物をする。

残金がカードに書かれていてとっても使いやすい。

「お店の外でも、このカードをイメージしたら出せるよ」

「やってみたい」

「あとでやってみよっか。それとね」

私はホムラちゃんのカードに自分のカードを重ねて、お金を移すように念じる。

すると……。

「あっ、ホムラのお金が増えた」

「お金をあげたの。手伝ってくれたお礼」

パーティ設定で魔物を倒した報酬は自動分配できるけど、素材を売ったお金は自動とはいかない。きっちり三割分渡す。

「ありがと。これでたくさんお買い物できる」

「ほどほどにね」

　ホムラちゃんの買い物を微笑ましく見守る。

　けっこう宝飾品やおもちゃとかも売っているけど食べ物に夢中なようだ。

「ふうっ、たくさん買い物した。アヤノの道具袋にいれてっ」

　たくさんの食べ物を両手に抱えてこぼれ落ちてる。

「いいけど、道具袋にだって容量があるからね。それと」

「女神の店で買ったものと魔物が落としたやつ以外は道具袋に入れられない。ちゃんとホムラは覚えてる」

「うん、いい子」

　ドヤ顔してるホムラちゃんを撫でてやる。

　これも最近気づいたけど、道具袋に入れられるのはゲーム時代からアイテムとして登録されているものだけ。市場に並んでいる野菜や、ちょっと臭い肉とか、おそらくは普通に育てた野菜や肉はアイテム扱いされないので入れられない。

「これで装備は完璧だね」

　結局ホムラちゃんは、短刀の他にはリボンとリストバンドとブーツを買った。

　なにせ、盾は持たせられないし、ホムラちゃんの服は上下一体型。あとは頭装備と装飾品しか装備箇所がなかった。

「強くなったっ。アヤノは買わないの？」

「私はいいかな。ちょっと先でかなりいい装備が買えるからもったいないの」

嘘だ。私もブーツを買いたいけど、もう一つホムラちゃんのために買いたいものがあって、それを買うとすっからかんになる。

エルフのローブのおかげでブーツをけちっても防御力が確保できるのが救い。

エルフのローブは激しく動いたときにパンツが見えるところ以外は最高の防具だ。

あのあと、街の人が普通に作ったズボンとかタイツとか下に穿いてパンツを隠せるかなって思ったけど、穿いたとたん守備力が下がった。装備が上書きされてしまう。

街の人たちが作るものはアイテムじゃなくて装備扱いされないから、下に穿いても問題ないと思ったのに。

「……エロシステムめ。パンツを見せなきゃ、強くなれない装備ってどうなってるの。システム的におかしいでしょ」

「ん？　どうしたの」

「独り言」

昔、イベントで水着を強制されたのを思い出した。

ストレスで食べすぎた時期で、あんな腹で声優できるのかとか。道理でこのあいだの〇

Pビブラート利いてると思ったとか、オペラ歌手体型だもんなとか、脱ぎ太りはちょっととか……いろいろ書かれたことまで思い出した。あいつらのことは今も許してはいない。

そうして、装備を整えたあと治安が終わっている世紀末な裏路地に入っていく。

ゲームのときからスラム街として治安が悪いところだ。

目を凝らして、レベルが高い人がいないかしっかり確認。

名前が赤く見えるような人たちはいない。

「この人たち怖い」

「うーん、スラムだからね。フードはしっかりかぶって耳を隠してね。警戒は怠らないように」

ここの連中は犯罪者ばかり。

お使いクエストでもゲーム時代に何回か来たけどろくな奴がいない。

一応、耳と尻尾は隠しているけど、人間だって売り飛ばす奴らだから警戒をしないと。

「もしものときは、帰還石を使ってね。ちゃんとつけてる？」

「うん、首にぶら下げてる」

それは使えば、最後に立ち寄った街の中心へとワープする石。移動用というより、緊急避難用。女神商品の中でもけっこう高いほうだ。

これを買うために私の装備は諦めたし、財布は空になった。

……最大の特徴は買うごとに値段が二倍になること。ようするに、緊急避難用だけど、それに頼るのは許さないよってメッセージ。

まだ初回だから、二日分の稼ぎで済んだけど、すぐに手が届かなくなる。

首飾りにしたのは私の手芸。こうしていればいつでも使えるし、ホムラちゃんが綺麗(きれい)って喜んでくれて苦労した甲斐(かい)があった。

裏路地を先に進んでいくと、こちらに向けられる視線から、わずかに漏れ出た殺意を感じた。

久々だな、こういう感覚。こっちの世界では初めてかも？　これ見よがしではないほうがよほど怖いと私は経験で知っている。

「走るよ、ホムラちゃんっ」

「うんっ！」

職業柄殺気には敏感。

たぶん、私を狙っている人の足音の変化だとか、視界の端で拾った動きとか、相手の緊張したとき特有の体臭とか、そういう情報から無意識に危険を察知するんだろうな。

声優時代も何度かこれに命を救われた。アイドル系ソシャゲの総選挙イベント併せのライブ。その楽屋で、トップ争いをしていた子から殺気を感じたんだよね。その子からお茶をもらったんだけど、その子が目を離した隙にお茶をすり替えたの。そしたら、その子の喉が焼けただれて病院送りになっちゃった。そのときは私も若かった。そんなことをしたら、真っ先に疑われるし、その子が罪をかぶせようとしてくるのに……その子のカバンからやばい薬が出なかったら捕まってた。

今の私ならもっとうまく処理するのになぁ。

「あっ、やっぱり。あいつ全力で追ってきてるね……うーん、勝つことはできそうだけど、あいつらアクティブモンスターかつリンク型だからな」

「意味わからない」

「うーん、仲間を呼ぶってこと」

「それならわかる」

走っている私たちのあとをついてきてる。

レベルはあっちが上でも、名前が真っ赤じゃないからレベル差は五未満。それでもじりじり距離が縮まっているってことは職業持ち。

たぶん、盗賊あたりかな。

じゃないと、私たちのステータスで距離が詰められるなんてありえない。それほどまでに私たちの種族は強い。

「追いつかれたら、帰還石使ってね」

「アヤノは？」

「もちろん、私も使うよ」

「わかった」

嘘だ。

帰還石は買うたびに値段が倍になる。一個目は安い。それでも序盤で買うには高すぎる。

ホムラちゃんの分しかないんだよね……でも、まあ、なんとかなるか。

幸い、街の中はゲームシステムじゃなくてリアル寄りの法則。レベルやステータスではなく実力と機転が活きる世界。

それなら、いくらでもやりようはある。これぐらいの修羅場は何度もくぐってきた。

「ああ、もう。やっぱりリンク型だよ」

「みんな強そう」

追っ手が三人に増えていた。

私の目算だと、あと三十秒後に追いつかれる。

でも、これなら間に合う。

シノビの転職クエストを受けられる場所は同時に、シノビという名の暗殺者の根城。

礼儀を知らない者が足を踏み入れれば報いを受ける。

それを利用してやればいい。

「あのお店入るよ」

「看板なにもない」

「大丈夫、私についてきて」

そこは一見、看板もなにもない殺風景な建物。

正面玄関からは入らずに、側面に回り、ゴミ箱を踏み台にして跳び、見えない踏み台に着地。そこを足場にしてまた跳んで二階の窓から部屋に滑り込む。

本来なら、街に散らばったいくつもの暗号を解いていって、ようやくこの場所を知ることができる。

でも、私は知っているから事前準備なんていらない。

「ホムラちゃん、早く！」

窓から身を乗り出して手をのばす。

ちょっと怖がっているけど、私が見せたようにゴミ箱から跳んで、見えない足場に着地する。足場が見えないせいか踏み外して落ちそうになる。私はホムラちゃんの手をつかんだ。

「アヤノッ！」

「引っ張るよっ」

なんとか部屋の中に引き入れた。

はぁ、はぁ、はぁ、危なかった。

外を見ると襲撃者たちは私たちを諦めていないようだ。

「ここまでがんばるのってなんでかな。私もホムラちゃんも高く売れるだろうけど」

私たちが入っていくのを見てたからか、同じ方法でマフィアっぽい人たちが登ってくる。

「アヤノ、あの人たち諦めてない」

「うーん、大丈夫。それより、最初の言いつけ守ってね」

「絶対武器を出さないってこと？　でも、怖い人たちは武器もってる」

「いいから、私を信じて」

つかんだままのホムラちゃんの手をぎゅっと握る。

「わかった、言う通りにする」

そして、男たちが部屋に入ってきた。

それぞれ、剣、ボウガン、ナイフを構えた三人組。

「追い詰めたぞ。組の者が世話になったな」

「嘘だろ、本当に遺跡の人形が動いてるだと」

「それはボスへの献上品だ、返してもらう」

えっ、組の者ってたぶん、モヒカンとスキンヘッドの兄弟だよね？　あの二人組やーさんの手下だったの？

困ったなー。やーさんってしつこいんだよね。見栄とかのために利益度外視の仕事するし。

でも、ここに逃げ込んだのってそれも想定してのこと。

私たちが逃げ込んだ部屋の奥から、一人の老人が顔を出す。

スーツを着込んだ老紳士で、大貴族の執事と言っても通じそうなほど決まっていた。

「客人など、何十年ぶりですかね。それも五人とは賑やかでいいですなぁ」

「おいっ、じじい。引っ込んでろ。用事があるのはこのガキどもだけだ」

「ふむ、そうですか。ですが」

そこまでだった。

鞘走りの音と同時に老紳士の姿が消えた。

あまりに速すぎてまともに見えなかった。ハイエルフの超動体視力でも、かろうじて影を線で捉えられるレベル。

黒い影が三人の男の間を通り抜けた。

そして、再び姿を現したと思ったら短刀を鞘に収め、キーンッと甲高い音が鳴った。

「シノビのアジトに、武器を構えて乗り込んだのだ。覚悟はできていたのでしょう？」

老紳士の口が三日月のように吊り上がる。

「ひぎゃあああああ」

「血がああああああああ」

「止めてえええええええ」

　三人の首から血が吹き出す。

　ゲームのときは私も殺された。

　シノビ転職クエストは、この街に隠されたたくさんの暗号を見つけて、解読し、ここにたどり着くことで始まる。

　そのときに罠（わな）がある。シノビとは裏の世界の住人で闇の仕事を請け負う者。ここに来るのは裏の仕事の依頼者。……あるいは彼に恨みを持つか敵対する者。

　武器を装備した状態で入れば殺意があると判断され殺される。

　それを知っていて私はここに逃げ込んだ。武器を持って私たちを追ってきた者がどうなるかわかっていて。

　ヤクザ三人組が動かなくなった。

「お嬢様方はなんのために？　ご所望は殺し？　それとも諜報（ちょうほう）ですかな？　シノビへの依頼は高額ですが、完璧な仕事を約束しましょう」

「違うよ。この子にシノビの技を教えてほしくてやってきたの。暗号はちゃんと解いた、合言葉もわかる。……ホムラちゃん」

「『女神との盟約を果たせ。光の道を歩む我らに、歴史の影に潜みし血塗られた刃。その伝承を願う』」

暗号を全部解いてわかるのはこの場所と、この合言葉。

これを言うまで転職クエストは受けられないし、間違えれば殺される。

あまりに暗号の難易度が高いのと、そもそも暗号の隠し場所自体見つけられないのと、恐ろしいまでのめんどくささで、シノビという職業は初めから用意されていたのにサービス開始から半年経つまで知られていなかった。

「ほう、お嬢様方はあの暗号を解いてここへたどり着いたというわけですな。女神から不老の力を与えられてはや百年。その言葉を口にするものは初めてですね」

薄暗い笑いをする。

転職クエストで職業を授けるスキルマスターたちはすべて女神によって不老の力を与えられる。そして、世界を救うために次世代に力を与え続けるという任務を果たしていた。

「ホムラはシノビになる！」

「真っ直ぐな目ですね。ですが、覚悟はありますか？　シノビの技は殺しの技。覚悟なきものが挑むことは許されない。その生命、かけていただきますよ」

こくりとホムラちゃんが頷いた。

そのことは事前に話してある。

基本的にどの転職クエストもノーリスクで受け放題。

でも、シノビだけは別だ。一度転職クエストを受けると合格するまでまともな手段ではここから出られなくなる。

二回までは失敗が許されるが三回失敗したときに殺されてしまう。

帰還石をホムラちゃんに渡したのはそのためだ。

二回失敗した時点で逃げればいい。帰還石ならば例外的に逃げられる。

「じゃあ、ホムラちゃんを送り届けられたし、私はこれで失礼するね」

「試練が終わるまで出ることは許しませんよ。見届けてあげてください。暗号解読、あなたも協力したのでしょう。ならば、一緒にリスクも負ってもらいます」

だらりと冷や汗が垂れる。

……ううん、想定外ではないけど、当たってほしくなかった予想。

私の分の帰還石はお金が足りなくて買えてない。

殺されそうになったら抵抗するけど、きついな。

老紳士はゲーム通りならレベルが百五十に設定されている。さらにスキルマスターは全員、前大戦の英雄たちで女神のお気に入り。つまり、ものすごく技量も高い。

今の私じゃ、確実に殺される。

「ホムラちゃん、応援してるね」

「かっこいいシノビになる」

あとはホムラちゃんを信じるだけ。

ごめん、嘘だ。保険は一応用意してる。

信じつつも準備をする。それが一番。

信じるってことは決めつけることで、ただの思考放棄だ。それをよく知っている。

それに、少しだけわくわくしていた。

ブレイヴシステム。女神から転生者が英雄たる力を得るために女神が与えた力。その力を使って、この人と戦ったらどうなるんだろう？

ゲームのときであれば、どうやってもこの時点では勝てない相手。

もし勝てたらどうなっていたのか？

それを知ることができるのは、ちょっとだけ楽しそうに思えちゃったんだ。

第八話✦人気職ほど気合が入りすぎて転職クエは難易度崩壊

シノビの転職クエストにホムラちゃんが挑んでいる。

ゲーム時代には幻と言われた職業。

かといって最強の職業かと言われるとそうでもない。

火力も同じく回避職である盗賊には優るが、火力職ほどの火力は出ない。

一番大事な回避率では盗賊に若干劣るし、盗賊が得意とする探索系のスキルが使えない。

総合力で言えば盗賊と大差ない。

『それでも、ホムラちゃんがやるならシノビなんだよね』

ホムラちゃんはプレイヤーが選べない特別な種族で、筋力・敏捷に優れた獣人よりもさらに力強く速い。

その差が大きい。

ステータス差で、獣人＋盗賊の回避率をホムラちゃん＋シノビは超えられる。

なによりも、シノビには壊れスキルが一つある。限定的だが、回避盾特有の必中・範囲攻撃に無力という弱点を補える。

忍空やナルトでも大活躍のアレだ。

そんなふうに自分の世界に入ってると老紳士が紅茶を淹れてくれた。

毒消しがポケットの中にあるのを確認してから口に含む。

本当は奥歯とかに仕込みたいけど、こっちの世界じゃ無理なんだよね。

やっぱい毒って、気づいたときにはもう指一本動かせないとかザラだし。そんな状態でも、噛むことぐらいはできる。解毒薬を仕込むなら、絶対奥歯。これ常識。

「美味しいね。この茶葉、街で買えるの？」

「いえ、自家製です。意外でした。出したものを飲んでいただけるとは。あなたはこちら側の住人ですからね」

「いったい私をなんだと」

「演技はいい。あなたは闇の住人だ。それもこちらに染まり切っている。眼が違う」

「面白いことを言うね。私はカタギのエルフだよ」

前世では後ろめたいこともあったけど、エルフになってからはまだやらかしていない。

「ははは、ご冗談を。ここまでの暗号を解いたのもあなたでしょう？」

「違うよ、ホムラちゃんだよ。ちゃんと転職クエストのヒントまで解いてある」

「ほう。そちらはおまけな分、かなり難しくしてあったのですがねぇ」

「逆にこっちからも聞いていい？　二つあるんだ」

「なんなりと」

「一つ、さっきから殺気を浴びせてるのはどうして？　私はただの付添人だよ」

「試練を受けるのはあの子だとしても、暗号を解いて連れてきたのはあなただ。二人でこの試練を受けていると見なしました。故にあなたにも覚悟を求めている。闇の技を継ぐのだ。他の職業とは少々違うのですよ」

「解いたのはホムラちゃんだって言ってるのに……それと私もただじゃ死なないから」

「失敗することは織り込み済みというわけですな。彼女があのレベルで受けるということは失敗を前提にしているのでしょう？　さしずめ、今回は偵察。次が本命だ。彼女が帰還石を首にぶら下げているのがその証拠と言えますな」

「あっ、帰還石、ばれてたの？」

ホムラちゃん、服の中に隠していたんだけどね。

「ええ、そしてあなたは持っていないことも」

ああ、この人、本当にやばい人だ。

実のところ、この世界に来てから危険は感じても、死は一度も感じてなかったんだよね。

この程度ならどうにでもなる。そう思い続けてきた。

でも、今回はやばいな。懐かしい匂いがけっこうしてる。

「二つ目の質問。おじいさんは女神と協力して、世界を救うためにがんばってるようだけど。もう、あなたたちが世界を救えばいいんじゃないかな。全職業のスキルマスターたちが力を合わせれば、迫りくる災厄も余裕だよね？」

「我らは全員が死人なのですよ。大戦の英雄たちは力が足りず、命を代償にたった一つの奇跡を起こした。それでもなお時間稼ぎにしかならなかった。負け犬だ。英雄と呼ばれるたびに羞恥で悶えそうになる」

「……えっ、死んでたの」

「女神の命によって、命が尽きてもこの世界に残り、技を伝え続けている。存在できるのはこの建物の中だけ。ここから出れば数刻で存在が消え失せてしまうのです」

彼らが技を教えるための地縛霊みたいなものだってことは知らなかった。

「いい話が聞けたよ。それと勘違いを訂正させて。たしかに失敗したときの保険は用意した。でも、本気で成功するつもりだよ。私もホムラちゃんも」

「あのレベルで突破できるとでも？」

「できると思っている」

シノビという隠し職業最大の欠点。転職クエストの難しさ。

レベルが十五ではほぼクリア不可能。レベル二十が最低ラインと言われている。

つまり、五レベル分、無職でレベルアップ時のステータスボーナスがないままレベル上げをするはめになって弱くなる。

ステータスがプレイヤーキャラより高いホムラちゃんでも、レベル十五でクリアできるかわからない。足りないのはステータスじゃなくて、スキルポイントだから。

『ホムラちゃんがんばってね。さすがに前大戦の英雄と今は戦いたくないから』

どきどきはするが冷静なほうの私が老紳士と戦うリスクは負いたくないと言っている。

なにより、殺してしまった場合、シノビ転職クエストが消滅してしまうリスクがある。

ホムラは試練に挑んでいた。三階に着くとワープをして、そこは大貴族の屋敷だった。

転職クエストのクリア条件は誰にも見つからずに屋敷の主（あるじ）のいる最奥の部屋に忍び込んで、主を殺すというものだ。

老紳士が地図を渡し、屋敷の主がいる部屋に赤い印をつけた。

だが、ホムラは首をぶんぶん振る。

「シノビに転職したい。でも、そのために人を殺すのはだめ」

「安心したまえ、ここは現実世界ではない。そして、彼らは人の形をした魔物だ。もとは人間だったがね、力を得るために悪魔に魂を売って魔物に成り下がった。死ぬこともできず、狭間（はざま）の世界でさまよっている」

「わかった、じゃあやる」

「がんばりたまえ。誰かに見つかった瞬間に、このスタート時点に戻ってしまう。無数の罠（わな）があり、それによって命を落としてもここに戻ってくる」

「死んでも死なないなんてとっても親切な試練。アヤノとの狩りはいつも命がけ」

キツネ耳をピンと立てて臨戦態勢。

そして、ホムラは短刀を抜いて駆け出した。

このクエストはシノビ適性を見るためのもの。

目的の部屋までには、護衛兵が無数に配置されている。

護衛兵はアクティブセンサーの範囲がトップクラスに広い。さらに感知レベルも高く、低レベルの【隠密（ハイド）】が通じない。

ここをクリアするにはアクティブセンサーを無効にする【隠密】をレベル上限の五にするのが前提。

そして、それだけでは足りない。護衛兵たちは視界に捉えた相手の【隠密】を無効化する【看破（ディテクト）】を持っている。視界に入ってはいけない。

「うん、アヤノに聞いてた通り」

【隠密】をレベル最大にして、アクティブセンサーを騙（だま）して、なおかつ巡回する無数の護衛兵たちの視界に入らないように進んでいく。

その難易度ははっきり言って頭がおかしい。

クリアするにはもう一つスキルがいる。【探索(サーチ)】だ。周辺の敵を感じ取れる。

これを使えば護衛兵の配置を見抜くことができ、難易度は著しく下がる。

さらに【探索】を高レベルにすると敵の進行方向までわかり、進行方向がわかれば視線がどちらを向いてるのかわかり、クリアが容易(たやす)くなる。

ただ、ここで問題が起こる。レベル十五時点では両方を最高レベルまで上げるのにスキルポイントが足りない。レベル二十が必要。

ゲーム時代に、レベル十五で挑んだものが何万人もいたが、アヤノの知る限り、成功したのは十人程度。達成するたびに界隈(かいわい)が大騒ぎになるレベルで稀(まれ)だ。

それすらも何百回ものチャレンジをした果てでの成功。

「うん、ちゃんと見えてる。狩りと一緒。森の中よりずっとよく見える」

ホムラはキツネ耳をすませている。

小さな頃から森で狩りをして暮らしていた。

殆(ほとん)どは野生動物を相手に。行動パターンが限られた魔物より、ずっと難しい狩り。

現実となった今、魔物じゃない動物もたくさんいる。

弓を構え、森で野生動物を見つけ出し、追い詰め仕留める。それを何年も生活の一部として当たり前にやり続けていた。

彼女の感覚は一般人よりも遥かに鋭敏。記憶はなくても体が覚えている。

「【探索】なんてなくても音で見える」

レベル十五では【隠密】と【探索】両方を高レベルでは取得できない。ならどうするか？

アクティブセンサーという絶対的に広く、くぐり抜けられないものには【隠密】という対抗策は必須。

しかし、ホムラは【探索】などいらない、耳で補える自信があると言いきった。

護衛兵は金属鎧をつけているせいで音を立てやすい。居場所だけじゃなく、どう動いたか、つまり彼らの視界までホムラは感じていた。

動かず隠れ潜んでいる者たちも、その心音で気づかれてしまう。

「今日は調子がいい。アヤノのごはんのおかげ」

それは気のせいじゃない。

料理のなかにはステータス補正を与えるものがある。気休めのつもりで、器用さを上げるメニューを食べていた。本来は弓の精度や詠唱時間に関連するステータス補正だが、鋭敏にする効果があったらしい。

ついに最後の通路へとたどり着く。

そこにはプレイヤー殺しの罠があった。

吹き抜けで、上の階と繋がっている通路。

【探索】の対象は同一フロアだけ。上の階にいる魔物には働かない。そして、魔物は上から狙ってくる。

スキルに頼っている者を嵌めるための悪意に満ちた罠。

だけど、スキルに頼らず音で世界を見ていたホムラは気づき、地図にあった不自然な空間に思い当たり、隠された迂回路を進む。

「これで最後っ」

ターゲットの部屋にたどり着く。

ターゲットを注視すると名前が青く見えた。

ターゲットのレベルは低い。

最後の関門、助けを呼ばれる前に殺す。ゲームなら容易いこと。

だけど、現実になった今、人間の形をしているだけで殺しをためらう。

だが……。

「ホムラはアヤノを守る」

一瞬のためらいもなく、ホムラは駆け抜けてすれ違いざまに首をかき斬る。

その瞬間、シノビ転職クエストのクリアが確定した。

◇

茶をアヤノと楽しんでいた老紳士が眉をぴくりと動かす。

「そろそろ一度目が終わる頃だね。その反応、ホムラちゃんは一発でクリアしたんだ」

「ええ、驚いたことに。あなたはこの結果を予想していたのでしょうか？」

「私もすごく驚いてる。一度目は失敗すると思ってた」

あえてどこかで必ずあるフロア跨ぎの不意打ちを教えていなかった。

緊張下での不意打ちという実戦経験を積んでほしかったから。

そもそも、不意打ちを仕掛けられる場所はランダムだし。

……でも、びっくりしたな。耳を頼りにしているのに隠れている護衛兵まで見つけちゃうなんて。天才かも。ちょっと嫉妬しちゃうよ。

「ホムラという少女に感謝しておくことだ。彼女のおかげで、あなたの命は救われた」

「だめなときはだめなときで対策もあったけどね」

ブレイヴシステム。

転生者たちが英雄に足る振る舞いをするために与えられた力。

一日に一度、五分だけの切り札はしっかりとってある。

「たった一度でクリアした少女、そしてこの私に恐れを抱かせるあなた。これからが楽しみなコンビですな。そろそろ少女が帰ってきます。出迎えてあげなさい」

老紳士が立ち上がり一礼する。

私もホムラちゃんを出迎えるために立ち上がった。

空間が歪(ゆが)んで、ホムラちゃんがワープしてくる。

「アヤノ、ホムラはやった！　一発！　すごい!?」

「うん、すごい。私だってできないよ」

「んっ、やー♪」

両手を広げるとホムラちゃんが飛び込んでくる。がっちり抱きしめるが勢いがすごすぎて支えきれずに倒れ込んでしまった。

そんな私に頬(ほお)ずりをしてくるホムラちゃん。

ホムラちゃんは緊張したあととくに甘えん坊になっちゃう。

なにこれ、ここが天国ですか？

「ごほんっ、再会を喜ぶのはいい。その前に私の仕事をさせてはいただけませんか？」

「むう、もっとアヤノといちゃいちゃしたかった」

「はぁはぁはぁ、ホムラちゃん。それは宿でゆっくりできるよ」

今夜は寝かせないよっ！

ふふふ、夜は私のほうが押し倒すからね。

「わかった。おじいさん、お願い」

老紳士は頷く。

そして指先をホムラちゃんの額に当てて、何かしらの言葉を唱えた。

私はこの世界の共通言語だけじゃなくて、エルフ語を始めとしたローカルな種族言語、古代語、神関連で使う神聖言語が理解できる。だけどこれは聞き覚えがない。

……女神の力だろうし、それ関係だと思うけど。わからないのが悔しい。

「力が湧いてくる。頭すっきり。これが、シノビ」

「あなたは今シノビの卵となりました。経験を重ねて鍛錬しなさい。私の血塗られた力が世界を救うために振るわれることを願います」

「うん、がんばる」

「そして、これはお祝いです」

そう言って手渡されたのは忍刀だった。

ホムラちゃんが刃を抜くと、光を吸収する闇の刀身。

……えっ、ガチで知らないイベントとアイテムだけど。

「かっこいいっ！　短くて黒い剣！」

「初めて試験をクリアした者だけに与えられます。強くはないがいい短刀です」

……ああ、そういう。

実はこのゲームって一点ものがけっこう多い。性能的には普通で記念品みたいなものがほとんど。一点ものが高性能だと、他のプレイヤーが萎えるからだ。

忍刀の性能を見たけど、現時点では強めって程度。でも、デザインに気合が入ってる。

けっこうほしい。いや、ちょっと待って、闇属性⁉　めちゃくちゃ便利かも⁉

「アヤノ、見て。かっこいい？」

キツネ尻尾が揺れて、躍動している。

刀身が黒い忍刀を振り回して、ポーズを決めるホムラちゃん。

「うん、とっても可愛(かわい)いよ」

「むう、かっこいいか聞いてる」

「かわ…っこいいよ」

「んっ、ホムラはかっこいい」

たぶん、かっこいいより可愛いが百倍ぐらい勝っている。

とにかく転職はできたし、帰るとしよう。

「あなたは受けていかれないので？」

「さすがに私じゃ【探索】スキルなしで挑むのは無謀かな」

あんな反則キツネイヤーとかないし。

この体、人間より鋭敏ってのはわかってるけど、ホムラちゃんレベルじゃない。

「そうですか。なぜか、あなたならいける気がしてならない」

……まあ、そうかもね。

私はゲーム時代に十人しかいなかったレベル十五でのクリア者の一人。

死んだ数、百から先は覚えていないけどね！

こっちじゃそんなに死ねないよ。

「ごめんね、それに私は僧侶になるのが夢なんだ」

「似合いませんな。気が変わったらいらしてください」

失礼な⁉

私とホムラちゃんは老紳士に礼をして去った。

次は私の転職だっ！

そう、私がなるのは僧侶。

清らかな乙女で癒し系な私にはぴったりの職業だ！

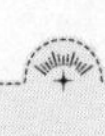

第九話✦お祝いとお揃いとパンケーキ

無事、ホムラちゃんが隠し職業のシノビに転職できた。お祝いしてあげないと。

疲れているだろうから、ホムラちゃんには先に宿に帰ってもらって、私は僧侶の転職クエストに挑んでいた。

私はホムラちゃんと家族になったとき、僧侶になると決めた。

僧侶は後衛の回復・補助職。便利だけど攻撃技が一つもない。完全なるサポート職だ。

一応、殴り僧侶もできるけどネタどまり。

そんなことを考えているうちに、いよいよ転職クエストも佳境を迎える。

『うん、やっぱり簡単。シノビだけ難易度が異常なんだよね』

僧侶の転職クエストはかなり簡単。墓地に留まる迷える魂を成仏させればクリア。

具体的には、祈りの力を高める薬草を採取し、スキルマスターに頼んで薬にしてもらう。

それを飲んだあと、お墓に行って教わった祝詞を唱えるだけ。

一応、妨害してくる魔物がいるけどちゃんとレベル十五でも無理なく倒せる親切設計。

シノビのときみたいに殺しにかかってこない。

私は今、祝詞を唱えながら考え事モード。

この祝詞けっこう長いんだよね。一部では暗記と噛まないことが最大のハードルって言われてる。でも、声優だった私にとっては余裕。

『これからどうしよっかな。マフィアにいよいよ敵認定されたし、早く街を出ないと』

私たちは手を出してないけど、私たちのせいだってマフィアに思われたら、プライドにかけて殺しにくる。手を下したのはシノビのおじいさんだけどそんなの関係ない。

あと軽くスルーしたけど、気になるセリフも言ってた。遺跡とか人形とか。

ううう、もっとゆるふわな感じで冒険したいのに、どんどん物騒になっていく。

祝詞が終わると墓に留まっていた魂たちが成仏していく。

僧侶のスキルマスターが拍手する。

こっちは妙齢の美女だ。ぱっつんぱっつんぱっつんである。

もう一度言う、ぱっつんぱっつんである。

こういう人が好きな男の人、けっこういそうだけど、私は好きじゃないかな。私はもっと可愛い系のほうが好き。そう、ホムラちゃんみたいなっ！

「アヤノ様、見事な祈りでした。彼らもきっと救われたでしょう」

「良かった。精一杯祈ったんだ。どうか、安らかに逝けるようにってね」

適当なことを言っておく。外面を整えるのは得意だ。

「感心ですね。転職の儀は終わりました。あなたはこれより僧侶です。日々、神への祈りを絶やさぬこと」

「うん、いつかシスターのような立派な僧侶になってみせるよ」

「あらあらまあ、見上げた心意気ね」

これで転職完了。

一応、初級装備の僧侶帽と僧侶ブーツはもらえた。

これは毎回もらえるもの。

けっこう微妙な装備だけど店売り初期品よりはいいのでありがたくいただこう。

ホムラちゃんの黒い忍刀羨ましいな。実は全職業、素敵な一品アイテムがあるのかも。

実は僧侶の先着一名様アイテムも存在してて、すでに誰かが手に入れた後かもしれない。

宿に戻った。

装備と帰還石ですっからかんだったけど、非常食にとっておいたお肉とか花の蜜すら売り飛ばしてご馳走(ちそう)代を捻出した。

ドロップ品や女神から買える食料は腐らないから、ある程度とっておきたいんだけど、ホムラちゃんを祝うためだから仕方ない。

「アヤノ、買い物って言ってたのに遅かった。心配した」

「ああ、ごめん。買い物のついでに私も転職を終わらせてきたんだ。僧侶になったよ」

「むう、聞いてないっ！　ついていって応援したかった」

「疲れてたみたいだから休んでほしくてね」

「……そういうの寂しい、ホムラはいや」

うるうるとした目。

罪悪感が凄まじい。

「ごめんね、次からはちゃんと言うね」

「約束」

「うん、約束」

「約束破ったら、寝てる間に尻尾で口と鼻を塞ぐ」

なに、その幸せすぎる光景。

もふり死ぬなら本望なんですけど⁉

わざと約束破っちゃうかも。

ホムラちゃんが疑うような目で見てる⁉

「ごほんっ。じゃあ、いろいろと買ってきたからご馳走作ろうか」

「楽しみ！」

腕の振るい甲斐（がい）があるよ。

友達とかに男がいないのに料理の腕磨いてどうするの？　ってけっこう言われてたけど今は胸を張ってこう言える。ホムラちゃんのためにあの努力はあったの！　って。

「すごいっ、牛乳がふわふわになった！」

「生クリームだねー。一応、女神のお店にもあるけどね。牛乳買うほうが安いから」

牛乳を氷で冷やしながら砂糖を加えて泡立てる。

……こう聞くと簡単に聞こえるよね。

でもね、手動だと倒れそうになるぐらいの力と根気がいるんだ。

マジカル身体能力バンザイ。電動泡だて器なしでもぜんぜんいける。

「今日はケーキを焼くよ。パンケーキのほうだけど」

チーズも買ってるので、ふわっふわの分厚いやつを作れる。私の腕はプロ級だ。

分厚いパンケーキをつくるコツはたっぷり空気を入れて、それを逃さないこと。チーズなんかで泡を割れなくすればいい。お菓子は科学。

「すごい、アヤノ。オーブンなしでケーキって焼けるの!?　ケーキってお店でしか作れないって思ってた」

「種類によるけどね。そう言えば、ケーキを知ってるんだ？」

「村の近くの街に毛皮とか肉とか売りにいったときのお土産」

「街の名前とか思い出せない？　思い出せたら、故郷に帰れるかも」

「わかんない……」

「そっか、落ち込まないで。大丈夫だよ♪」

私はホムラちゃんについて記憶喪失ではなく、記憶なんてものが初めから存在しないという可能性も疑っていた。

彼女は、最近作られたばかりの存在っていう仮説。

だけどハズレっぽいかな。今みたいに、ときおり彼女が話す過去話のディティールがかなり細かいのが理由。てことは、女神側が意図的に現段階のネタバラシを恐れて、一部の記憶を封印してる？　……そっちのほうが今は疑わしい。

「はい、パンケーキが焼き上がったよ」

「すごいっ、ものすごく膨らんでる。分厚い、ふかふかぁ」

パンケーキにこれでもかってくらい生クリームを盛り付けて、フルーツをちりばめる。

「きれい、美味しそう。食べていい？」

「うん、いいよ。これはホムラちゃんの転職祝い。これからが冒険の本番だね。おめでとう、ホムラちゃん」

「ありがとっ。アヤノも僧侶おめでとう。……でもホムラはアヤノにあげられるものない」

えへへっ、じゃあ、体で払ってもらおうかな。

可愛すぎて、私のなかのおっさんが変なこと言ってる。

「私はホムラちゃんと美味しいもの食べられるだけで幸せなの。ほら、あーん」

カットしたパンケーキを口に運ぶ。

「美味しいっ。アヤノもあーん」

「美味しいね」

「アヤノ、もっと食べて」

「ホムラちゃんも」

お互い食べさせっこする。

幸せすぎる。

バカップルがやってるのを見ると、こいつらバカなの？　脳にうじでも湧いてるの？　見せつけたいだけでしょって思ってたけど、うん、これはいいね！

ごめんね、くそカップルども。君たちはバカじゃなかった。謝るね。だって二人きりでやってても幸せで楽しいもん。

そうして、パンケーキでお腹がいっぱいになったので今後について話すことにした。

「この街にこれ以上いるのは、ものすっごく危険になっちゃった。宿のなかは安全だけど、宿の入り口を張られたりするかも」

こういう、ゲーム時代からあった宿を避難場所にしている人たちは多いらしい。システム的に守られて安全だから。

でも、追う側からしたら、真っ先に疑うところでもある。街には現地人が作ったもっと安くて、ごはんとかもついてくる宿があって、普通はそっちを使うらしい。

「あの怖い人たちがくる？」

「うん、でも次の街に行く前に変身の首飾りがどうしても欲しい……で、いろいろと考えた結果だけどね」

「うんうん」

「かなり危ない、お金稼ぎの方法しようかなって。命かける感じのやつ」

「アヤノはすぐに命をかける」

「しょうがないよ。このあたりの国や街のどこに行っても、拉致されそうで命が危険だし。そっちの危険をなくすために無理するほうが、リスクが少ないかなって」

この街を離れても、エルフやキツネの人権があるかはわからない。

というか、マフィアがこの街以外には影響力がないとも言えない。

そこで変身の首飾り。人間に化けちゃえば安全だ。

ようするに安全に過ごすために命をかける。

安全な稼ぎ方じゃいつになったら買えるかわからないし。

「わかった。アヤノを信じる。危険だけど、アヤノの言う通りにやったら、死なないはず」

「そうだよ、ちゃんとやれたら死なないよ」

「ちゃんとやれなかったら死ぬってこと？」

ジト目で見てきた。

「よくわかってるね！」

「じゃあ、ちゃんとやる」

「それとね、実はホムラちゃんにプレゼント第二弾っ！　じゃーん、パジャマだよ」

「かわいい、もこもこ」

「ウリウリの毛皮で作ったんだ。鍛冶工房借りてね。お揃いだよ」

色違いのお揃いパジャマ。

装備品はどういうわけか汚れないけど、体を締め付けられて寝づらいから欲しかった。

鍛冶工房を借りれば、鍛冶職じゃなくても初級装備まではなんとか作れちゃう。

装備品としてはカスだけど寝心地はよさそうだ。

「大事にする！　着てみる」

そう言うと、ばさっと着てるものを脱ぎ始めた。

ホムラちゃん、やっぱり私よりちょっと大きいし、肌綺麗(きれい)だなー。じゅるりっ。

「どう、似合う？」

「天使降臨」

「うん？　どういうこと？」

「ものすごく可愛いってことだよ」

「良かった、アヤノも着て」

そう言って、服を脱がしにかかってくる。

なに、このプレイめっちゃ興奮するんだけどっ。

「アヤノ、すらっとしてる。綺麗」

「あはは、ありがと」
十五、六歳ぐらいって考えるとすごいスタイルだと思う。
あの世紀末兄弟みたいに、いい大人でも発情するのも仕方ないかな。

現実世界でこの体なら天下とってたね。この体のまま帰りたい。

前世の私もスタイルには自信あったけど、鍛えすぎて筋肉が付きすぎちゃったんだよね。

それと古傷がけっこうある。

芸名変えて新人声優として活動すれば本当にトップになれそう。顔は不自然なぐらい転生前にそっくりだけど髪色と眼(め)の色が違うし若返っているから従姉妹(いとこ)って設定にして。

なんなら、願いをそっちに変えるのもありかな。
「アヤノの作ったパジャマ、おそろいでもふもふー」
「うん、お揃いもふもふだね」
二人でベッドに倒れ込む。
抱き合ったり、頬(ほお)にちゅうし合ったり。
二人でいちゃいちゃするのが楽しすぎる。
私は決めた。
あと二人、パーティに入れないと戦力的にだめだけど絶対男はNGだ。
この幸せ空間に男はいらないっ！
というか、こんな美少女二人と同じ宿にいたら、ぜったいおかしくなっちゃうよ。
私が男なら絶対に手を出す。
それに私は……百合(ゆり)に挟まる男が死ぬほど嫌いなんだよ！

第十話✦金は命より重い！　わけじゃないけど大事

幸いなことに宿の出入り口は見張られてなかった。

早朝のうちに街を抜け出して、お金を稼ぐために出かけた。

『ゲームのとき鉄板だった金策は使えないからなぁ』

ゲーム序盤の鉄板稼ぎといえば、鉱物集め。

装備を作るのに必要な鉱物を市場で売る。鉱物はモンスターが低確率で落とすんだけど、ランクの低い鉱物は低レベルモンスターしか落とさない。

だけど、上級装備にもランクが低い鉱物が必要。

その結果、高レベルプレイヤーたちが低レベルプレイヤーから高い値段でランクの低い鉱物を買う。低レベルモンスターを狩っても旨味(うまみ)がないからだ。

それが初心者救済になっていた。

……でも、今市場が死んでるからな。

プレイヤー同士でのお金のやり取りがない。っていうか、全員初心者みたいなもんだし。

だとすると、まともじゃない手を使うことになる。

「どこに向かってるの?」

「うーんとね、アルシエの北に廃鉱山があるんだけど、そこで狩りをするんだよ」

「そんなのあるんだ」

「廃鉱山だからね。もう誰も近寄らないよ。そろそろ着くね。ほら、あそこ」

すり鉢状になっている地形に廃鉱山があった。

トロッコ用に用意された線路が地上まで出ている。

「ちゃんと、あのスキルは覚えてセットした?」

「だいじょーぶ、セットした」

「それのためだけにシノビになったみたいなところがあるからね」

盗賊のほうがシノビより回避率がわずかに高い。

回避盾に特化するだけなら、シノビよりも上。

そのわずかな差が痛い。ゲームのバランスが、ボスクラスの攻撃は回避特化盗賊がほぼほぼ避けられるよう調整されている。逆に言えば、そこから少しでも回避率が落ちればかなり被弾してしまうということ。

シノビがいまいち使いづらいのはそのあたりが原因。

それでもシノビが使われている理由。それは非常に強力なスキルの存在。

今日はそれを使って荒稼ぎする。

「ほら、あのトロッコ乗って」

「ちょっと怖い」

「いいからいいから」

入り口にあるトロッコにホムラちゃんを乗せて、思いっきり押す。

加速してきたタイミングで私も飛び乗った。

トロッコの線路は地下へ地下へと延びていって、お手軽に地下三階まで行けてしまう。

……まあ、これがえげつないキルトラップなんだけど。

「アヤノ、速い、怖い」

「私がついてるよ。ホムラちゃん」

涙目でしがみついてくる、ホムラちゃん。

可愛くて、もっといじめたくなっちゃうよ。

そうして、トロッコは死地へと向かっていった。

◇

廃鉱山は地下四階にボスが配置されていて、そこを目指す。

なのに入り口付近にあるトロッコに乗っているだけで地下三階まで行ける。

それが罠。地下四階には繋がっておらず、引き返すしかないんだ。

それも徒歩で。

しかもトロッコから侵入したエリアには、そこにしか現れない最悪な魔物がいる。

というか、地下三階にはそいつしかいない。

「着いたよ」

「怖かった」

「ここからは言った通りにね」

「うん、わかってる」

このダンジョンの適正レベルは四十。私たちはレベル十五。ここまでレベル差があるとどれだけ有利な条件を重ねたとしても勝ち目はない。

まともに戦えば死あるのみ。

そういうレベル差。

そもそもここに来たのはお金を稼ぐため。経験値は諦めている。

「耳をすませて、敵を探して」

「聞こえる、曲がった先、炎がバチバチ。動いてる。けっこう速い」

「後ろに敵は？」

「いない、大丈夫」

「じゃあ、行ってきて」

【隠密(ハイド)】はあえて使わない。

というか、使っても意味がない。魔物の中には【隠密】を無効にする奴(やつ)らがいて、今回のターゲットはその一体。

ホムラちゃんが走っていく。

そして、急ターン。全力疾走で戻ってくる。

もとから、あいつの索敵内に入って、ターゲットにされたらすぐ逃げるように言っていた。

ホムラちゃんの背後には、黒く燃え上がる、顔のある太陽のような魔物。にやにやと笑っていてとても気持ち悪い。

視界に捉えれば【隠密】を無効化する【看破(ディテクト)】を使いながらくるくるとコマのように回転し進んでくるという最悪な仕様。

そして妙に速い。移動速度もおかしくて五十レベルの最速ビルドにすら勝る。

どんどんホムラちゃんに追いついてくる。

追いついた瞬間、黒い太陽の表情が微妙に変わる。わずかだがにやけ顔に悪意が増す。

「今っ！」

私が合図を送った。

するとホムラちゃんは、シノビの固有スキルを発動する。

「【変わり身】」

黒い太陽のにやつきが、極限まで大きくなり爆発した。

数メートル離れている私の目の前まで黒い爆発で埋め尽くされた。

あれこそが笑う黒太陽の唯一の技にして最強の技。

【太陽爆発】。

いわゆる自爆技だ。現状のレベルキャップである四十かつフル装備防御特化騎士すら一発アウト。無属性なので属性耐性も無意味。さらには必中で回避もできない。

なによりもうざいのは自爆されると経験値もお金も入らないこと。

「相変わらず、死神の二つ名は伊達じゃないね」

【看破】+回転でプレイヤーを確実に捕捉し、異常な移動速度で迫り、追いつけば耐性無効の即死攻撃という地獄のような絶対プレイヤー殺すマン。

トロッコに乗って楽しようとした冒険者をはめる罠。経験値すら渡さない嫌がらせの極み。ちなみにゲーム時代に私も殺された。こんなん初見じゃ無理だって! パーティで行ったけどパニックになって全滅だったよ!

「アヤノぉ、怖かった、死んだと思った……なんでホムラ、生きてるの?」

私の隣には息を荒くして完全に瞳孔ガン開きで、冷や汗がだらだら流れ、尻尾まで縮み上がってるホムラちゃんがいた。

瞳孔ガン開き可愛い。

爆煙が晴れると、ホムラちゃんがいたあたりに木の人形があってしばらくすると空中で燃え尽きた。

「ね、【変わり身】ってすごいでしょ。これがあるから、シノビは最強の回避盾なんだよ！」

「……ホムラが死にかけたのにうれしそう」

盗賊より回避率が劣るシノビを回避盾として使う理由。

それはこの【変わり身】だ。回避盾の宿命として、範囲・必中攻撃に弱いということがある。でも、シノビは【変わり身】で弱点を補える。

ダメージを無効にして後方に瞬間移動。なにより凄まじいのが変わり身の人形は無敵オブジェクトで二秒場に留まり、背後の味方を守ってくれる。

この技は強すぎる……その分、リキャストタイムは長いけど。

「私が嬉しいのはホムラちゃんのタイミングが完璧だったからだよ！　すごいすごい」

【変わり身】は発動までコンマ五秒のカウンター技。継続時間は一秒だけで、その一秒の間に攻撃を受けないと発動しない。

私の、今っ！　って言った声を聞いた瞬間に発動しないと間に合わなかった。

「んっ！　ホムラ、がんばった！　でも、こんなに怖いのに。経験値入らない……お金も。これじゃ稼げない」

自爆とはそういうものだ。

それはわかってここに来ている。

「うん。でも、目的はあっち」

そこは爆発の震源地。ドロップアイテムが二つあった。

「太陽石、けっこう高位の鉱物アイテムでね。女神の店に売ったらすごいお金になるの。それに、黒太陽の欠片。こっちも高く売れる」

太陽石が一発で落ちたのは本当に運がいい。

だってドロップ率一割だし。

ちなみに黒太陽の欠片はほぼ確実に落としてくれる。

そして、一%だけどレア装備を落としてくれる可能性もある。それには期待してない。

今日は倒せて十体ぐらいだから、一%のアイテムなんて期待しないほうがいい。時間的にはもう少し粘れそうだけど、ホムラちゃんの集中力が持たない。

予想以上に消耗してる。……命かかってるからかな？

「高くってどれぐらい？」

「太陽石一つで、この前ホムラちゃんが買った短刀が十本買えるかな」

「すごいっ、あっという間にお金持ちっ！」

「レベル四十帯のドロップで、しかもかなり上のほうだからね」

本音を言えば太陽石のほうは鉱物アイテムだし、プレイヤー市場で売りたい。そっちだと店売りの十倍の値がつく。

でも、ないものはない。いずれ自分で使いたくなるかもしれないけど。ずっと後の話。今は目先のお金がほしい。

「さあ、がっつり稼ぐよ。でも、少しでも集中力が切れたら言ってね。私の合図にすぐ反応しないと間に合わないから」

「わかった。あれは本当に死ぬやつ。死にたくない」

「一回なら死んでいいんだけど。帰り道のためにとっておきたいんだ」

一回だけならどうにかできる。そのために私は僧侶になった。逆に言えば、一回だけしか使えない。ホムラちゃんが一回死んだら、その時点でそれを使ってから引き返す。

「ちなみに表情の変化ってわかった？」

自爆するタイミングは黒い太陽の表情を見ればわかるんだけど、微妙すぎて慣れてないとわからない。

「ぜんぜん」

「なら、私の合図でやるしかないね」

自分で見抜けたら、もっと確実だけど仕方ない。どうしたって指示を受けてからスキル発動だとタイムラグが出る。

「うん、お金たくさん稼ぐ」

「あとね、奇跡が起これば経験値も入るかもしれないよ」

いくつかの条件が重なればであって、狙ってできるものじゃないけど。

「がんばる！　アヤノ、後ろから来てる。前は大丈夫」

「なら、二体目行こうか。息は整った？」

「もういける」

「じゃあ、二人の未来のためにがんばろう」

「うんっ。あとでたくさんなでなでして」

「もちろんだよっ」

そうして、また命がけのチャレンジにホムラちゃんが飛び出していった。

私は笑顔で自殺すれすれの戦場に送り出す。

がんばれ、ホムラちゃんっ！

あとでたくさん褒めてあげるし、ご褒美も用意するからね！

第十一話✦変身⁉　私たちが人間に！　テクマクｒｙ

「アヤノ、ごめん。足ガクガク、立てない」

「ううん、無理させすぎたね。ごめん。私が止めなきゃダメだった」

ホムラちゃんを背負っていた。

最大レベルの【隠密（ハイド）】を使いながら地上を目指す。

【隠密】を無効にできるのは黒い太陽だけで、もう地下三階は抜けた。【隠密】が切れなければ安全に帰れる。

……まあ、それは私の知識が正しいって前提だけどね。

知識が正しくても、ゲームが現実になった世界、どんな変更があってもおかしくない。

「ホムラちゃんのおかげでいっぱい稼げたよ。今日は贅沢（ぜいたく）しようか。何、食べたい？」

「特上肉」

「うーん、市場に出回ってないな。いくらお金を積んでも買えないよ。でも、いつか絶対食べさせてあげるから」

ドロップアイテムの（特上）がつくお肉はレベル八十帯のモンスターが落とす。

まだまだ遥か彼方。

「楽しみ、いつか食べたい」

「レベル八十ぐらいになったら食べられるよ」

「あと六十。けっこうすぐかも」

ぐったりともたれかかりながらホムラちゃんが言った。

そう、あと六十。

私たちはあのあと、奇跡が重なって一度だけ経験値を得て、レベル十五から一発でレベル二十まで上がった。

ちなみにその条件は二つあり、黒い太陽の自爆に別の個体を巻き込むことと、その前に一ダメージでも自爆していないほうにダメージを与えること。

運良く、それができて一気に五レベル上がった。ヴァルハラオンラインは鬼畜仕様で普通なら超格上と戦わない限り、一つレベルを上げるのにも丸一日かかる。

「そっか、うん、すぐかもね」

それもあって、あと六十をすぐなんて言うから、くすくすって笑ってしまった。

でも、ゲームのときですらそこまでは半年弱かかった。

ホムラちゃんとならできる気がする。

「どう、一回死んだ感想は？」

「怖かった、すっごく。でも死ぬときは怖いってのもなくて、目を覚ましたとき、やっと死んでたって気づいた」

そう言うホムラちゃんの体は震えていた。

ホムラちゃんは死んだ。

集中力が落ちていることに気づかずに行かせてしまい、反応が遅れた。

致命的な遅れだった。【変わり身】の発動にはコンマ五秒かかる。

爆発の予備動作を黒い太陽が見せてから爆発まで一秒。

私が予備動作を見抜いて指示するまでコンマ二秒。

ホムラちゃんにはコンマ三秒の時間がある。

しかし、集中力を切らせば一瞬で過ぎ去ってしまう時間。

ホムラちゃんは爆発に飲み込まれ即死した。

「僧侶の蘇生スキル、【リザレクション】で生き返らせたの。ものすっごくリキャストタイムが長いから一回だけの切り札だよ。今日はもう使えない」

ホムラちゃんが生きているのは私に蘇生スキルがあったから。生き返ってからもよっぽどショックだったようで腰が抜けてしまっていた。

「怖いこと言わないで、ううっ、恥ずかしい、ホムラ、さっき、お漏らししちゃった」

「怖かったね、ごめん」

私が僧侶を選んだのはこのスキルがあるからってのが大きい。

このゲームで一度も死なないなんて不可能だ。

このゲームには死が二つある。

HPがゼロになる死。この場合は死体が残り、青い粒子が立ち上り始める。

三十秒。この間に蘇生されれば生き返る。

三十秒が過ぎた場合は消滅。ゲームなら最後に訪れた教会で蘇生され、ペナルティとしてランダムで手持ちアイテムのいくつかがドロップ、所持金が半分になり、次のレベルアップまでにためていた経験値の半分をロスト。

だけど、今は本当の死、消滅が待ってる。

「ねえ、ホムラが死んだらアヤノが生き返らせてくれるけど、アヤノが死んだら？」

「ただ死ぬだけだよ？」

実は蘇生アイテムなんてものも存在するけど貴重で現状での入手は不可能。

ホムラちゃんが死んだら私が生き返らせるけど、逆は無理。

「アヤノ、やだ、だめ、やっぱ命かけるの良くない」

「安心して、私は死なないよ。私ってさ、死んだことないんだ」

死にそうになったことはいくらでもある。

でも、くぐり抜けてきた。

運が悪いし、色んなことに巻き込まれるけど、最後の最後で助かる。そんな人生。

「……アヤノは変」

「仕方ないから、ホムラが守ってあげる。一緒にいてアヤノの死にたがりを治す」

「うん、そうして」

背中に感じるアヤノちゃんの温かさ。

いつかお姉ちゃんを守ってね。

「それとアヤノは美人すぎる。もてもて。街の男の人、みんなアヤノを見てる。アヤノのせいで心配ばっかり」

「ホムラちゃんが追い払ってくれる？」

「任せて、ホムラはアヤノの嫁だから」

頼もしい子だ。

ちなみに、ホムラちゃんもめちゃくちゃ注目を集める。種族的なあれかな？　って思ったけどフードでしっかり耳を隠しているし、純粋に私たちが美少女だからみたい。

ふう、美少女すぎるってのは辛(つら)い。でもね、ちょっとだけ私のホムラちゃんは可愛(かわい)いでしょ！　って自慢したい気持ちもあるんだよ。

◇

なんとか街に戻っていた。

女神の店に行って、さっそく命がけで集めたものを売りさばく。

そして……。

「やっと買えたね！　変身の首飾り」

目的のものを手に入れた。

本来は容姿再ビルドアイテム。

おかげでアクセサリーなのに、アクセサリー枠を消費しない。

ゲーム的にはアクセサリー枠＋1というぶっ壊れな能力があった。

悪用できないかと数多のプレイヤーが挑んだが穴はなかった。

でも、私は現実になった今ならなにかできるんじゃないかなって睨んでる。

「これ、どうするの？」

「えっと首にかけて。でっ、変わりたいって願って」

本当は私も知らない。だってゲームエディットでやってたことだし。

でも、だいたいノリでわかる。

ほら、予想通り。頭の中に浮かんできた。

「ホムラの姿が頭に浮かんだ」

「じゃあ、なりたい種族をイメージして？」

「人間になりたい……あっ、頭の中の姿が変わった」

「はい、鏡」

「ホムラのキツネ耳と尻尾が消えてる。ねえ、アヤノぉ、これ戻る？　キツネ耳ないの悲しい。ないと変！」

「大丈夫だよ。首飾りを外したら元通りだから。見ててね、今、私のエルフ耳が人間のになったよね」

「うん、アヤノの耳短くなった」

「でも首飾りを外すと……ほらね？」

「いつものアヤノ！　戻せるってわかって安心。尻尾消すの嫌だった……尻尾は私たちの一族じゃ一番大事。ホムラは尻尾美人。ないとアヤノに嫌われちゃう」

「私も尻尾がないと嫌だよ。ホムラちゃんの尻尾は世界で一番可愛いからね」

「知ってる」

すごい尻尾への自信だ。

たしかにあのもふもふ尻尾は国宝級。いや、世界遺産級だ。

尻尾も消えて普通の女の子になったホムラちゃんが、不機嫌そうな顔になった。

「なんか尻尾ないと、しっくりこない」

「いつもと違うけど、ちゃんと可愛いよ。新鮮だね」

「……尻尾がないと魅力半分」

「二人のときは首飾りを外すから我慢してね。それとね、これを使うと私がキツネっ子になったり、ホムラちゃんがエルフになって遊べるよ」

「尻尾があるアヤノ、見てみたいっ！　尻尾生やして！」

思ったより食いついてくるな。

今度やってあげよう。

コスプレにはいい思い出がないけど、この子のためなら頑張れる。あああ、黒歴史が。

おかげで、私の宣材にはコスプレ不可って書いてあるぐらいだし。

「尻尾を生やすのは今度。せっかく人間の姿になれたしね」

「うん、今度。約束」

こくこくと頷(うなず)く。

それからいろいろと買う。

まず、買ったのはテント。欲しかったけど高くて買えなかったんだよね。

これはログアウトのときに置き去りになる肉体を守るもの。外で使うと、許可した人以外が入れない破壊不能オブジェクト。

ただ、ダンジョン内では使えない。

旅をするなら必須。あとは携帯鍛冶セットも買う。

非常食と回復アイテムの補充。

それと……。

「あれも買えるし、これも買える。買いたい放題だよ。お金があるって最高だね！　あっ、そうだごめん、ホムラちゃんのほうで帰還石買ってもらっていい？　お金は渡すから」

帰還石は結構高くて、しかも一回買うごとに値段が倍になる緊急避難用アイテム。

私のぶん、買えてなかったんだよね。

「わかった。でも、おかしい。どうしてこの前、アヤノは二つ買ったって言った？　買うたびに値段が倍なら、最初からアヤノとホムラが一個ずつ買うべき。お金がないときにアヤノが無駄遣いするなんておかしい」

「えっと、そのうっかりしちゃったね。ごめんごめん」

そう言うと、ホムラちゃんは空中にホログラムで浮かんでる買い物メニューを覗いた。

そこには値段が書かれてる。帰還石を一回買って二倍になった値段も。

「……アヤノは嘘つき、一個しか買ってない。シノビの転職クエストのときも、廃鉱山のときも、ずっとアヤノはもってなかった。ホムラだけが保険をもってた」

「うん、まあ、ほら。命がけに付き合わせているのは私だからさ。ごめんね」

「許さない。アヤノはやっぱり死にたがり！　ホムラは死なないでって言ってるのにっ、なんで、わかって。ばかっ」

目に涙を浮かべて本気で怒ってる。

なんなら、今日、死んじゃった後よりショックを受けてる。

そんなホムラちゃんの頭を撫でる。

「ごめん、あのときは一つしか買えなかったからさ」

「それでもちゃんと言って。こういうのされると心配。アヤノを信じられなくなる」

「次からちゃんと言うから」

「……許さない。前もそう言った。約束を破ったアヤノにはお仕置き」

いったい何をする気かな？

でも何をされても甘んじて受け入れよう。

それから、帰還石をホムラちゃんに買ってもらった。目の前で首飾りにして身につけてと命令されてしまった。見届けないと安心できないって。

信用ないなぁ、私。

まあ、嘘ついてきたからしょうがないか。

言われたとおり、紐を通して首にぶら下げる。

「うん、ちゃんとつけた。アヤノ、危なくなったら、ちゃんと使って」

「もちろん、そうするよ」

私だって怖かったし。死にたくない。

帰還石があるのとないのではぜんぜん安心感が違うしね。

この値段倍々システム、本当にいやらしいよね。

……実は、これが実装されたばっかりの頃、アカウント作って、帰還石を速攻買って、速攻売ってアカウントを消して、さらにアカウントを作ってってやって荒稼ぎした。

速攻、システム側に対策されたけどね！

現実になった今、絶対できないことだ。でも現地人を使えば……。あっ、変なことを考えてるのがばれて、ホムラちゃんがジト目になってる。

「ごほんっ。これで、この街でやることは全部終わったからね。次の街に行くよ」

「うん、行くっ。新しい街、楽しみ」

次に行くのは、レイキャットの城下町。

このアルシエを含めて複数の街を束ねる国の城下町で、大きいし、設備の充実度がアルシエとはぜんぜん違う。なによりターミナルタウン。

できれば、そこを拠点にしたいなって思ってる。

泣きやんだホムラちゃんと一緒に街を歩く。

久しぶりにフードなしで堂々と歩くと、今までストレスがあったんだなって気づいた。

うん、あれだ。炎上して干される前の、全盛期で変装しないと街を歩けなかった時期と同じストレスだ！

……いや、今思うとあのときは楽しんでたかも。その、人気者の私は変装しないと街に出れないわー辛いわーみたいな感じで。そんなこと言ってられたの最初だけなんだけどね。

それと炎上してからも素顔で歩けなかったし。

うん、生きるって辛いね。こっちの生活のほうが幸せかもしれない……。

城下町レイキャットへの道のりは遠い。

ゲーム時代だとわりとさくっとたどり着けたけど、現実になったタイミングで世界全体がとんでもなく広くなってる。

そのおかげで移動時間がすごい。いくら歩いても着かない。

テントを買っておいて良かった。

魔物がはびこるなかテントなしで野宿なんて自殺と一緒だし。

目をつぶってしばらくすると小さな声が聞こえた。

「お仕置きっ」

顔にもふっとした感触、息苦しい。

こっ、これは。

「尻尾地獄の刑」

はぁはぁはぁ。

そう言えば、約束を破ったら、寝てるときに尻尾で口と鼻を塞ぐって言われていたような。

はぁはぁはぁ。

なにこれ、尻尾地獄!? 尻尾天国の間違いでは。

顔全体にホムラちゃんの香りがっ、ちょっと甘い感じの獣臭さ、実家の猫のお腹(なか)にスリスリしたときにする匂いを強くして甘くして、いい感じにしたやつっ。

これはたまらないですわ! 息苦しいけど、ちゃんと息はできる。ホムラちゃんの香りが肺いっぱい。

むしろ酸欠気味でトリップ決まって、これがエデンですわね!

お嬢様口調になってしまいますわ!

「息苦しいでしょ。こうされたくなかったら、もうホムラに嘘ついちゃだめ」

……えっ、嘘つくたびにやってもらえるなら、嘘つきお姉様になっちゃうんだけど?

私がそんなことを考えているとは知らず、毛の隙間から見えるホムラちゃんは超絶ドヤ顔。ドヤ顔ですら可愛い。

「ごめんっ、ホムラちゃん、もうしないから許してぇ」

ずるい大人なので、もうやってくれないだろうし！

最高っ、なんて言ったら、調子に乗せておく。

「もうちょっとアヤノをいじめる。まだ反省してない」

私をいじめてるつもりでにやってしながら尻尾をわざとらしく持ち上げて叩きつけてくる。もふんって音が聞こえた気がする！　密着感がアップ！

天国延長決定！

私、ナイス判断。

ふふふっ、今度はどんな約束を破ろうかな。

本気で怒らせる約束破りや嘘はだめだし、いい感じに約束を破る方法を考えておこう。

ホムラちゃんの尻尾は最高だよぅ。

CHARACTER STATUS

キャラ名 アヤノ

種族 ハイエルフ

職業 僧侶

人生難易度 S

装備

右手 + エルフの杖　左手 + エルフの杖
上半身防具 + エルフのローブ
下半身防具 + エルフのローブ
アクセサリー1 + リボン　アクセサリー2 + ブーツ

ステータス（成長補正）Lv.20

ステータス	ランク
HP	E
MP	A
筋力(STR)	G
耐久(DEF)	F
器用さ(DEX)	S
賢さ(INT)	A
敏捷(AGI)	B

種族固有スキル

+ 風の精霊に愛されし者　風（雷）の耐性・スキル威力・消費魔力軽減ボーナス、精神系状態異常耐性（小）
+ 魔弾の射手（未開放）　特定条件クリアで解放
+ [illegible]

ENISIスキル

+ 運命の再選択　人生難易度S限定、絆ミッション3クリアで解放

第十二話✦王都でまき起こる陰謀！　イケメン王子の甘い罠

嫌な夢を見てる。

転生前のトラウマ。

「君はもう無理だ」

最後通告をされた。

ここに来るまで、色んなものを捨ててきた。

ここに来るまで、涙の味も血の味も飽きるほど味わってきた。

苦しんで、前に進んで、勝ち取って、ようやく報われたと思っていた。

その矢先に死刑通告を受けるなんて。

「この前の炎上が原因かな？」

「それだけではないんだけどね。まあ、君らは個人事業主、うちが嫌なら別の事務所に行けばいい。契約してくれるところがあるのならね」

いつもおだててくるマネージャーとは思えない。

嫌ってくれるならまだマシだ。

完全に私への関心がなくなっているのがわかった。

「そんなこと言っていいの？　そっちがそういう態度なら、私の仕事のこと、話すよ」

「これは口止め料だ。それを受け取って消えろ。君のために言っている。金を持って消えるなら何もしない。だが、歯向かうのなら……わかるだろう？　君なら」

分厚い札束入りの封筒。

あれを受け取れば、もうこの世界にいられなくなる。でも、ここで突っぱねれば私はいろいろな意味で消されるだろう。

「わかった。口止め料を受け取るよ」

「いい子だ。君はこっちの世界じゃだめだったが、別の世界でならうまくやれるだろう。期待していたんだよ？　でも、君は運が悪くて、少々間抜けだった。きらきらした世界に来て浮かれていたのか？」

終わったと思った。

今まで積み上げてきたものが、あんなことでふいになるなんて。

ああ、そうか。

私がいるのはこういう儚くて脆くて理不尽な世界だったんだ。

勝つことよりも勝ってから守ることが大事で、そのことに気づいてなかった。

競争して這い上がるだけのゲームじゃない。

上にいる人間を引きずり落とすゲームで、自分の椅子を守るために登ってくる人間を蹴落とすゲーム。

私は敵を敵だと気づいていなかった。

私は間抜けにも、椅子から転げ落ちた後にそれに気づいたんだ。

「アヤノ、アヤノ」

誰かが私を激しく揺すってる。

「うーん、ホムラちゃん、どうしたの」

「……良かった。起きた。アヤノがすごくうなされてた。目に涙浮かべて」

「ああ、ちょっと嫌な夢を見てね」

「ホムラがいじめたせい？」

違うよ。昨日のあれはご褒美だよ！

「そんなんじゃないよ。私さ、ちょっと変なエルフでね。小さい頃に捨てられたんだ。今でもそのときのことを夢に見るの」

「アヤノ、可哀想（かわいそう）」

困ったときのエルフへの責任転嫁！

まあ、実際あんなふうに浮遊島から捨てられたら悪夢ぐらい見そうだけどね。

というかリアルでも捨て子だし、施設には売られたし、事務所には捨てられたし、転生してからも捨てられ（物理）、私ちょっと捨てられすぎじゃない⁉

もう二つ名が捨てられエルフになっちゃうレベル。ううう、鬱になるよ。

「ホムラちゃん、ちょっと寂しくなっちゃった。ぎゅっとしていい？」

「そしたら、アヤノは元気になる？」

「うん、元気になる。ホムラちゃんをぎゅっとすると安心するんだ」

「じゃあ、いい」

はあああああああ、キツネ大天使。くんかくんか。

ホムラちゃんの善意につけ込んでのぎゅっと抱きしめくんかくんかプライスレス。

「もういいよ。ありがとね」

「別にいい、アヤノにぎゅっとされるの嫌いじゃない」

……やばい、可愛（かわい）すぎる。お姉ちゃん、いつか人の道を踏み外しちゃいそうだよ。

◇

レイキャット城下町にやってきた。

アルシエの南東にあるレイキャット王国の城下町であり、このあたり一帯の街や村を支配するレイキャット王国の中心。

なので、女神の店も人間がやる店も充実している。

なにより、ポータルがある。

「拠点にするならポータル必須だよね。ホームも売ってるし、なんとか買いたいな」

「よくわからないけど便利そう」

ホームというのは、各街にゲーム時代からある宿と同じで、システム的に外敵を排除できる家のこと。もちろん、数には限りがある。ただ、いろいろと便利機能があってギルドを運営するなら必須。

プレイ人口に対して、数が少なすぎて先行プレイヤーが有利すぎると問題になった。あたりまえだ、物理的に敷地を専有して設置されているから増やせない。なのに誰もが欲しがる性能で、プレイヤーは増え続けている。

それがあるかないかで冒険効率は変わる。拠点を構えるなら大都市、そしてできればホームを買いたい。それは全プレイヤーの夢。

『私は転売しまくって不動産王になっちゃったけどね』

プレイヤー数が上り調子のときは、ほんとうに転売でボロ儲(もう)けできた。

だいたいのプレイヤーって値上がりを予想できないから、いい感じに鴨(かも)にできて右から左へ建物を転がすだけで億万長者。

「アヤノ！　アヤノ！」

「あっ、なに、ホムラちゃん」

「また目がうつろで、声が聞こえてなかった。大丈夫？　病気、朝の悪夢？　休んで」

あっ、これガチで心配されてるやつ。

「考え事してたの。その、私って考え事してるとそっちに集中しちゃうんだ」

「ほんとう？　嘘だったら、また尻尾プレスする」

えっ、またやってくれるの？　じゃあ、嘘っていうことで。……落ち着け、またやってもらいたいけど、本気で心配して悲しんでいるホムラちゃんに対して失礼だ。

「本当。じゃあ、今日は王都をいろいろと巡ろうか」

「うん、アルシエよりずっと大きい。楽しいこともいっぱい」

そうして、私たちは街を見回り始めた。

◇

「王都のお肉、村で狩りしてたのと同じ！　臭くない」

「さすが王都だね」

アルシエの街の市場に並んでいる肉は保存状態が悪くて、たいていヤバかった。

でも、王都の肉は下処理がしてあり保存状態もよく、合格点をあげられる。

「アヤノ、豚肉ばっかで飽きた。とり肉買って」

「そうだね、晩ごはんは鶏肉にしようか。美味しいの作ってあげるよ」

「やった！　楽しみ！」

私の得意料理は親子丼だ。

前世の職業柄油に頼らないレシピが充実している。太る料理は作らない。

それから街を見回り、消耗品をいくつか見繕った。

「あれ、なに？」

「ああ、掲示板。アルシエにもあったよ」

街の中央通りには掲示板があった。

自由に張り紙をして、告知できる。

不親切だなぁ。全部こっちの世界の言葉で書かれている。現地人が使っているんだし、そうなるよね。私はたまたまマニアで、ゲーム時代からこっちの言葉を読めるようになってたけど、そんなプレイヤーって全体の１％もいないんじゃないかな？

「アヤノ、あの張り紙、なんて書いてるの？　読めなくて気になる」

「ホムラちゃんって文字読めないの？」

「失礼。ホムラは文字が読める。あれだけ変な文字」

掲示板の中に信じられないものがあった。

違う、むしろ一番ありそうなものだ。

「ふぅーん、そういうことね」

それはこの世界の言語じゃなかった。英語と日本語で書かれている。

同志よ、集まれ、場所と合言葉を記す。

「女神の話がほんとなら、プレイヤーの総数二百四人。初めの災厄まで一ヶ月を切った。そろそろ協調を持ちかける時期だよね。うん、面白い」

グランドキャンペーン、一ヶ月ごとに破滅を告げる暗黒の塔が落ちてくる。

その一つ目までもう一ヶ月を切っていた。

グランドキャンペーンは全プレイヤーが参加して協力するイベント。

協調して挑まなければクリアは不可能だ。

そこはかなりの高級レストランだった。
なぜか王宮の兵士に声をかけられた。時間が変更になったと伝えられて、掲示板に書かれた時間よりだいぶ前に来ている。
時間の変更よりも王宮の兵士を使える立場の人間というのが気になる。
ホムラちゃんはテントに置いて、一人で来ていた。

プレイヤー同士の会話を聞かせたくない。

「高そうな店、私だけ贅沢するのはホムラちゃんに申し訳ないなぁ」

掲示板に書かれていた合言葉は「19：00にヤマダタロウで予約したものですが」。けっこう頭がいい。受付での文言と合言葉が一緒だからスムーズに中へ入れる。

あと日本人なら、ありがちな名前すぎてたぶん偽名だなってわかる。

さて、何人来るかな。

プレイヤーは二百四人。世界各地に分散しているっていっても、ポータルがある大都市はたった八つ。つまり、災厄の数と一緒。

トッププレイヤーほどポータルの重要性を理解して、ホームを八つの大都市にしたがる。

それに第一の災厄の舞台はこの地方だ。多くのプレイヤーが集まっていてもおかしくない。

◇

通された部屋は豪華すぎた。高そうな絵画と壺が配置されている。

その上、店の中でも一番上等な部屋っぽい。

王都の高級店で、一番いい部屋を予約するのはお金だけじゃ無理。権力とコネがいる。

さて、いったい主催者はどんな人だろう？　一般人ではない。

時間になった。意外なことに集まったのはたった二人だけだった。

王冠をかぶり、いかにも貴族でございという派手な格好をした青年が苦笑いをしていた。

完璧な王子様をイメージしろと言われたら、こうなるかもしれない。

「よく集まってくれたね。僕は、キヨミン。このレイキャット王国の第一王子……に成り代わったプレイヤーさ。久しぶり、アヤノ、それからマッゴウ。えっ、何その顔？　あっ、そっか、僕、名前変えちゃったんだった。ノゾミって言えばわかるかな？」

そう言って、イケメン王子が笑った。

レイキャットには人気キャラの王子様と三人の美姫がいて。

ノゾミというのは私のギルドでサブリーダーをやっていた廃人だった。

CHARACTER STATUS

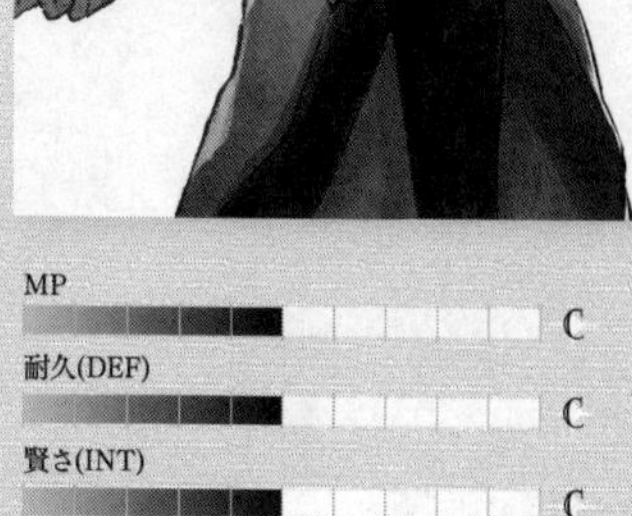

キャラ名	キヨミン
種族	人間
職業	プリンス
人生難易度	A

装備

右手 ＋ レイキャットの王剣　左手 ＋ なし
上半身防具 ＋ プリンスマント
下半身防具 ＋ プリンスパンツ
アクセサリー１ ＋ レイキャット王家の紋章
アクセサリー２ ＋ 壊れた懐中時計

ステータス（成長補正）　Lv.32

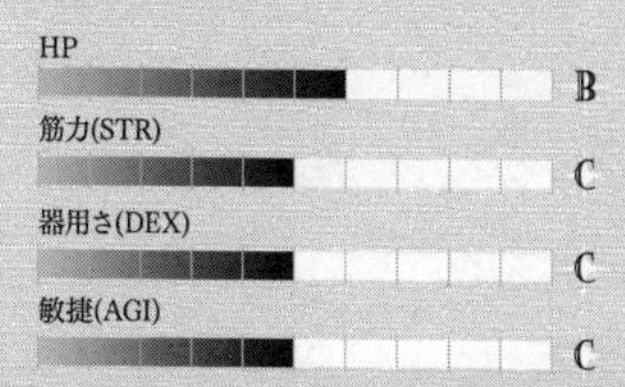

ステータス	補正
HP	B
MP	C
筋力(STR)	C
耐久(DEF)	C
器用さ(DEX)	C
賢さ(INT)	C
敏捷(AGI)	C

種族固有スキル

なし

ENISIスキル

✦ 紅の女王に仕えし者　閲覧不可

✦ 汚れし血の王子　絆ミッション３クリアで解放

CHARACTER✦STATUS

キャラ名	マッゴウ
種族	人間
職業	騎士
人生難易度	B

装備

右手 ✦ レイキャットの騎士剣　左手 ✦ 守護騎士の盾
上半身防具 ✦ ミスリルメイル
下半身防具 ✦ ミスリルレギンス
アクセサリー1 ✦ 不動の守り石
アクセサリー2 ✦ 守護騎士のブーツ

ステータス（成長補正）　Lv.32

ステータス	補正
HP	S
MP	F
筋力(STR)	B
耐久(DEF)	B
器用さ(DEX)	D
賢さ(INT)	E
敏捷(AGI)	F

種族固有スキル

なし

ENISIスキル

✦ 愛に生きる騎士　絆ミッション3クリアで解放

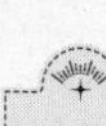

第十三話 ✦ アヤノに秘められた過去⁉　成人式の罠

主催者のイケメン王子が歯を白く輝かせ、私と同席者のマッゴウに親しげに声をかける。

私はあえてゲームのときと名前を変えていない。

ゲーム内で私は有名人だった。

ヴァルハラオンラインで五人しかいない【五英雄】の一人にして、トップギルドの一角グレートボスのギルドマスター。

そして、【五英雄】は公式からそれぞれに二つ名が与えられている。

とても恥ずかしいので二つ名を自分から名乗ることはないけど。アヤノという名は使える。して、なんの因果かここにいる二人は私の仲間たちだった。

「まさか、ノゾミとマッゴウがいるなんてね。ギルドマスターとしては光栄に思うか恥ずべきか悩むよ」

「ふっ。女神に選ばれたことは光栄でも現実を捨てたことは恥ずかしいってことかい？それとギルマス、今の僕はキヨミンだよ。それとも二つ名で呼ぼうか、【五英雄】様」

「まじで二つ名はやめてね。あんなの羞恥プレイだから。こっちでもよろしく、キヨミン」

王子ルックというか王子そのもののキヨミンはシニカルに笑って肩をすくめてみせた。大男のマッゴウは目を白黒させている。

マッゴウは恐る恐ると言った感じで口を開いた。

体が大きいのに、どこかおどおどとした印象を与える男だ。

「二人にあえて俺も嬉しい。随分ゲームキャラと印象が変わったな。アヤノは超絶美少女だし、ノゾ……キヨミンなんて性別まで変わってるじゃないか」

言われて気づいたけど、マッゴウのあまりの変わらなさに思わず笑ってしまう。

「あはは、私、マッゴウがゲームのまますぎて逆にびっくりしたよ。キヨミンはリアルキヨミンそっくりだね」

「ふっ、現実とは性別が違うけどね。アヤノのほうこそリアルそのままじゃないか」

私とキヨミンは現実でも知り合い。数年前に仕事で知り合ってウマが合い縁が続いてる。炎上仲間でもあった。

「嘘でしょっ、君ら現実でもそんな美形なの!? なんで、こんなゲームで廃人やってるんだ? その顔なら人生勝ち組だろ」

お互い、燃えて干されたからとは言いにくい。私もキヨミンもすごい燃え方をした。

「そうでもないよ。可愛いなりの苦労ってけっこうあるからね」

「でも、ほんと驚いたな。アヤノって、アヤノンそっくりだ。俺、ファンだったんだ。アヤノン知ってる？　ほら、演技はいまいちだけどすっごい美人な声優で大炎上した」

　それを聞いたキヨミンが吹き出した。

　そして、笑いながら私を指差す。

「こいつが、そのアヤノ。ぷっ、あはは、ねえ、演技はいまいちだけど、美人な声優って。それ、本人に言うんだ。あははははっ」

「私があえてギルメンに言ってなかったの知ってたよね？　キヨミンのもバラしちゃうよ」

「僕は別にいいけどね」

　キヨミンの炎上は本当に笑えないやつだ。でも、キヨミンが悪いわけじゃない。

「うそっ、本当にアヤノン!?　伊織綾乃!?」

「うーん、そうだけどね。それは置いとこ。せっかくプレイヤーが集まったんだからね。ゲームの話をしようね」

　私の聞くなオーラが通じてない。

　あっ、オタク特有の空気読めないやつだ。

　あと、めちゃくちゃしつこいタイプ。

　ほら、やっぱりぜんぜん引かない。……マッゴウはいい奴なんだ、いい奴なんだけどこういうとこがある。

「ねえ、俺、本気で伊織綾乃のファンだったんだ。あの写真って本物？　それに高校時代から続いてたって」

ああ、百回は聞かれたやつ。

そして、ファンじゃなくて、ファンだったたって言われたのが地味にきつい。私、干されたけど引退してないからね？

でも、まあ割り切ろう。……心情的にはきついけど、これは利用できるカード。

マッゴウの腕は超一流。貸しを作るのは悪くない。

「話してもいいけど、貸しにするよ。私の頼みを一つ聞いてもらう。その条件なら話すよ」

私の中でのジャッジ終了。トラウマをほじくり返す痛みと、マッゴウの力を借りられることを天秤（てんびん）にかけて後者が勝った。

「話が聞けるならなんでもする！」

「キヨミン、証人になってね」

「いいけど、早く切り上げてよ。本題に入りたいし」

キヨミンはそう言い、オードブルをつまみながらお酒を楽しんでいた。

「声優、伊織綾乃のスキャンダルについて話すね。まず、成人式での男とツーショット写真が出回ったけど、あれは本物。ただ、地元出身の有名人ってことで、同じ学校の子たちから写真撮らせてって頼まれた一枚。あの日、五十人ぐらいとツーショットを撮ってる」

「でも、そのあと高校時代のラブラブツーショットが見つかったじゃないか。だから、高

校からずっと付き合ってたってみんな言ってる」

「高校一年のとき付き合ってたのはほんと。でも、二ヶ月ぐらいですぐに別れた……なのに勝手にずっと付き合ってたってことにされて、本当に困ったの」

今でもくだらないと思う。

そんなくだらないことで、そんなどうしようもないことで、私は炎上して干された。

なんで、高校時代に彼氏と写真を撮っただけで全部失わないといけないの？

意味がわからない。

だいたい、声優に何を夢見てるの？　みんな彼氏がいるし、同棲している子もいるし、結婚を隠している子も少なくない。ばれてるかばれてないかの違い。

「なら、なんでそう言わないんだよ！　アヤノンの彼氏発覚でファンは傷ついたんだ」

「何度も言った、何度も同じ説明をしたよ。でも、信じてくれなかったのはファンのほう
……私はね、高校二年生のとき声優になるって決めた。そこから彼氏がいたことなんてない。養成所でもクラス内で次々彼氏彼女になって、一人のほうがおかしいって言われたよ。でもね、夢のためにがんばった。なのにさ、声優になるって決める前のことで勘違いされて干されたんだよ！」

私は養成所上がりで、声優事務所に所属した。

養成所に入ったときに講師に言われたことは未だに覚えている。

『今の声優はアイドルだ。君らが誰と付き合おうとも今は誰も気にしない。だけど、やがてデビューし、人気が出たとき、かつての色恋が君らの足をすくう。それが嫌なら弁えておきなさい。私に止める権利はないがね』

その言葉が胸に刺さった。

だから、養成所内で次々に声優の卵同士で恋人になっても、売れてないくせに先輩面し女を食いにきた先輩も無視したし、くそ貧乏なときに声優なら時給がいいって誘われたギャラ飲みのバイトだって断ってきた。

それで足をすくわれた同期を見て笑ってきたぐらいだ。

だけど、声優になる、その前に落とし穴に落ちてたなんて知らなかった。

成人式の写真を勝手にアップされて、高校時代に付き合ってた彼氏の写真を勝手にネットへ上げられて、その二つを結びつけられて勝手にずっと付き合ってるって決めつけられるなんて思わなかった。

「じゃあ、どうして、ラジオであんなこと言ったんだよ」

「ああ、あれ？　『やってないからセーフです』っての？　大先輩から炎上ネタを茶化されて、笑いをとれって振られたからね。乗るしかなかったよ。あそこまで燃えるって想像できなかった私もアホだったけどね」

あれがとどめだったと思う。

成人式の男とのツーショットが出回ったあと盛大に燃えて、その男との高校時代の写真が出たときにさらに燃えた。

それでも、全部正直に話した。高校のときの元彼だったこと、成人式で写真を撮ったのは彼だけじゃなくて、たくさんの人ってことも。

くすぶってたけど、炎上が終わりそうな空気はあった。

でも、先輩の生放送ラジオに呼ばれて、そのことをいじられた。

怖い先輩だった。怒らせたら仕事が減るって言われた。

その先輩が私の炎上をネタにしてきた。私は怒るか真面目な対応をするべきだった。でも、その勇気がなかった。

だから必死に笑いをとるために頭を巡らせた。

そのときに出てきた言葉が……。

『やってないからセーフですっ！』

笑いながら、ふざけた声音で言ってしまった。

それが、くすぶってた炎上を爆発的に盛り上がらせた。

今思うと、新世代とちやほやされていた私を潰したいと先輩は考えていたんだと思う。

仲間内ですら演技が下手なのに顔で売ってるってやっかみで言われたし、本気で私を嫌っている子たちもいたし。

　それを見抜けずに、私は無様に踊って、そのあげく燃えて干された。

「でも、アヤノンが悪いんだ。声優なのに男と付き合って」

「私みたいにアイドル売りしてる子はそうだと思う。でもね、声優になってない、なろうともしてない、普通の高校生のときに恋をしちゃだめなの？　夢を見る前に彼氏作ったら、その時点でアウトなの？　彼氏を一回でも作ったら、声優に憧れちゃだめなの？」

「ごっ、ごめん、アヤノン、そんなつもりじゃ」

「……まあ、そういうわけで、私の後悔はそこなんだ。私は声優になりたいって夢を見た。でも、夢を見る前から間違ってた。女神の言った通り、この世界を救って、願いを叶えられるなら、間違える前に戻りたい。……だから私はこの世界を救って願いを叶えるよ」

　これが人気絶頂だった私があっという間に崩れ落ちた顛末。

　間抜けな私の笑い話。

「ごめん、アヤノンのこと疑って。あっ、でも俺はアヤノンを信じてたぜ」

　下心が見える。

　こういう人は知らないんだろうな。

　ファンになって、下から憧れの目線を向けた時点で一生同じ目線になれないことに。

「うん、許す。でも、傷ついたから貸し一つだからね」

「わかった。俺、絶対に力を貸す。アヤノンが声優に戻れるようにがんばる」

……この貸し、さっそく利用させてもらおうかな。

具体的にはグランドキャンペーン第一の災厄のときに。

クリアは大前提。だけど、私がほしいのはMVPだ。報酬がすごいのもあるけどそれ以上にとらなきゃいけない理由がある。

そして、MVPをとるには戦力がいる。

「お願いするね。それと、キヨミン。マッゴウとの話が長くなっちゃってごめん」

「いや、いいよ。僕も横で聞いてる分には楽しかったし」

「マッゴウもごめんね。元とはいえ、ファンに見苦しいところを見せちゃったよね」

「ううんっ、気にすんな。元じゃなくてファンだし。本当のことを聞けて安心した！」

へえ、さっきファンだったたって過去形で言ったよね⁉　忘れてないからね⁉　落ち着け、私。ここで怒るのは損だよ。

ファンって不思議。集団叩きモードに入ったときは証拠付きで理路整然と真実を話しても信じてくれなくて、面白がって燃やしたがるバカの言うことを信じる。

なのに、群れから離れて個別に話したら、場の空気だけで簡単にこっちの言い分を信じる。

その習性を現役のときに知ってれば、もっとうまくやれたのになー。

「じゃあ、アヤノもマッゴウもこの話は終わりにしていいね。なら、本筋に戻らせてもらう。僕はグランドキャンペーンをクリアするために共同戦線を張りたくて、プレイヤーを招集した。でも、集まったのがたった二人とはね」

わざとらしく肩をすくめてみせるキヨミン。そんな白々しい演技をするキヨミンを冷ややかに私は見ている。

「それだけどさ、時間変更って嘘だよね。……意図的に私たちだけ、元ギルドメンバーだけと話をしたくて、私とマッゴウにだけ時間変更を伝えたんじゃないの？」

「あっ、ばれてたのか？　アヤノとマッゴウは僕にとって特別な人だ。君たちとは共同戦線じゃなくて、同盟を結びたくてね。二人だけ時間をずらしたんだ」

王宮の兵士が急に時間変更を伝えてくるなんて怪しいと思っていた。

キヨミンはゲーム時代、私の右腕であり副ギルドマスターにして策士だった。

「へえ、じゃあ私たち以外のプレイヤーは何人いたの？」

「僕の呼びかけに応じたのは三十人ぐらいだね。さっきと違って、これは本当。もっと集まるかと思っていたのにがっかりだ」

「私はそれぐらいだって予想していたけどね」

「どういうことなんだい、ギルマス」

「もうギルマスじゃない。アヤノでいいよ。マッゴウみたいにアヤノンでもいいし」

「やだよ、そんな呼び方。アホみたいじゃないか。じゃあ【五英雄】様の二つ名で呼ぼう。

イモータ……」

「それはやめてって言ったよね！」

公式に押し付けられた忌まわしき二つ名。それは絶対に呼ばせない。

何が【五英雄】だよ。バカバカしい。

「ごめんごめん、じゃあ、アヤノ。続きを話してくれたまえ」

「結論から言うと現実になったこの世界をまともにプレイできてるのは、二百四人のうち、せいぜい五十人じゃないかなって。むしろ三十人も声かけに応じたのが驚きだよ」

女神が声をかけたのは三百人。でも実際に来たのは二百四人。そう、女神は夢で言っていた。その二百四人が全員まともにプレイできているとは思えない。

「ふむふむ、だいたんな予想だね」

「この世界ではゲームがうまくても、生きるのがうまくないと野たれ死ぬ。私は……」

そうして、赤ん坊として生まれて浮遊島から捨てられたこと、街に着くまでは花の蜜を吸いながらのサバイバルだったこと、そのあと街で奴隷として売り飛ばされそうになったこと、マフィアに狙われたことを語った。

「それは大変だったたね。僕は普通に今の姿でこの世界へ来たし、初めから王子でちやほやされたよ。王子をやるのに必要な知識もなぜかあって困らなかったな」

「俺の場合は、大きな商会の一人息子で、いきなり跡取りって言われて戸惑ったぐらいだな。商売の勉強なんてしてないのに、なんかちゃんとわかるしさ」

「うそっ⁉　なんで私だけ難易度ルナティックなのかな⁉」

二人とも周りの環境優しすぎない？　私、環境が殺しに来てたけど、二人は環境に支えられてるよね？　それに私エルフ知識なんてないけど？　なんで二人は王族知識と商人知識が与えられてるの？

「えっと、私みたいに極端じゃなくても、苦労している人は多いと思う」

「かもしれないね。ただ、アヤノほどしんどい生活をしている人は少ないんじゃないかな？　五十人は少なすぎる。百人ぐらいはちゃんとやれてるって考えると呼びかけに応じたのが三十人ってのは妥当だ。残りのプレイヤーも王族の権力で探してみるよ」

私みたいに地獄を味わったプレイヤーがいるか知りたい。情報収集しなくちゃ。

「生まれ方の違いってどこで出るのかな。王子になった理由って心当たりある？」

「あるよ。こっちの世界に来るとき理想のヒロインを聞かれたよね？　そのときにピンときた。言った通りのヒロインを用意してくれるって。だから『僕を慕う三人の妹姫』って言った。条件に合うのはレイキャット王国の長兄だけだから、王子になれるって読み。王族キャラ専用職業のプリンスに転職できて有利だからね」

キヨミンは頭の回転が速い。

さすが元宝塚の男役。頭の回転が速くアドリブに強くなければ舞台になんて立てない。

キヨミンにとって、この世界は舞台かもしれない。

「さすがキヨミンだね。そういうの気づかなかったよ」

「アヤノもやるじゃないか。イベントキャラ専用種族のハイエルフになってる。ぶっ壊れ性能で羨ましいよ。さすがは僕らのギルマスだ」

褒められて嬉しいけど、発想力はキヨミンに上を行かれた感じがして敗北感が。

でも、後悔はしてないよ。

うちのホムラちゃんは世界一可愛いからっ！

私が一番の勝ち組だね！

「キヨミンもアヤノンもすごいな。俺、そういうの思いつかなくて、普通に種族は人間で、メイド萌えだから、理想のヒロインはご主人さま大好きメイドさんって言っちまったぜ」

ある意味、正解かもしれない。ちゃっかり、メイドがいるような金持ちの家の息子っていうなかなかのポジに収まっているし。

私は性能がいいハイエルフを選んだけど、そのせいで地獄みたいなスタートになった。生きやすさなら確実にマッゴウのほうが上。

……私だけあんなに苦しんだのは理不尽だ。みんなもっと苦しめばいいのに。

「話を戻すけど、まともに生活できてるプレイヤーが少ないのは由々しき事態だね。戦力が足りなすぎる」

キヨミンの言葉に頷いて、私の考えを告げる。

「ブレイヴシステムってチートをもらっているから、最初のグランドキャンペーンはゴリ押しできると思うよ。でも、このままじゃ第二の災厄か第三の災厄で詰む。今のうちに手を打たないといけないと思うの」

ほとんどのグランドキャンペーンは千人以上の参加が前提。

全員がトッププレイヤーでも、百人未満で挑んだらどうにもならない。そして、これからプレイヤーが増えることもない。

「打つ手はあるさ。プレイヤーだけで挑むから数が足りない」

「私もそれは考えたよ。この世界の人たちを巻き込んでいけば人数は増える。単純にプレイヤーが現地人三人を入れたパーティを組めば人数は四倍になるから」

プレイヤーだけでは世界を救えないようにしたのはわざとだと思っている。

わざわざプレイヤー全員にヒロインを用意したのがその証拠。

「俺は無理だと思う。キヨミンとアヤノンは簡単に言うけど、命がけで世界を救う戦いをしてくれなんて言って、ついてくる現地人なんていないぜ」

言ってることはわかる。私だってホムラちゃんに命をかけてくれって言うのは辛かった。

「私も難しいとは思うけど、無理とは思わないな。がんばろうよ。ねっ」

偏見かもだけど、トッププレイヤーたちってコミュ障がけっこう多い。……いや、ゲームのことだと普通に話せるけど、今はこの世界が現実。重みが違いすぎる。

相手の人生と命を背負う覚悟が必要だ。

「そうは言うけどさ、俺には……」

「大変だけどやらなきゃ世界を守れないよ。さすがに第一のグランドキャンペーンまでにパーティを見つけて育てるのは厳しいから、今回だけ私のパーティに入ってくれる？　それでさっきの貸しはなしにするから」

「アヤノンのパーティ!?　ああ、いいぜ。俺、がんばるから」

ホムラちゃんとのパーティに男をいれるのは嫌だけど、今回、一度きりならギリセーフ。

マッゴウは、私のギルドで三番隊の隊長で切り込み役だった。

腕は超一流だし、第一の災厄との相性がいい。

キヨミンがこちらの狙いに気づいて苦笑する。

「ふう、アヤノは強引だね。じゃあ、僕は可愛い妹たちとパーティを組むよ。だけど、二人とも、ちゃんと現地人を集めてパーティを作りなよ？」

「うん、わかってるよ」

「俺もやるだけやってみる」

第二の災厄までに強くて、可愛くて、ホムラちゃんとうまくやれる子を見つけなきゃ！

「それとせっかく集まったことだしさ、この三人だけでも同盟を結ばないかい？」

「内容次第だね」

「簡単な話さ。お互いにＭＶＰは目指すけど、協力できるところまで協力して、足を引っ張るのはなしってだけさ」

「いいね、私は乗るよ。マッゴウもいいよね」

「俺もいいぜ。仲間同士で足の引っ張り合いは嫌だしな」

私は笑う。それから茶化すような口調で続けた。

「でも、私たちと組むためだけにわざわざ他のプレイヤーと時間をわけるなんてキヨミンは大げさだよね。別にみんなを集めたときに誘えばいいのに」

「僕は絶対にアヤノとマッゴウは仲間にしたかったんだ。他のプレイヤーに先を越されるのはごめんだね。僕らは最強のギルドだった。僕らが組めば無敵さ。逆に言えば敵に回すと最悪の相手ってことだよ」

「私も、キヨミンとは戦いたくないな。めんどくさいもん」

「最高の褒め言葉だ。僕もアヤノだけは勘弁願うよ」

「おいおい、俺はどうなんだよ⁉」

「タイマンなら最強だけど……」

「マッゴウ、君はブレインがついてなきゃ、そもそも戦いの舞台にたどり着けないだろ？」

ゲーム時代にマッゴウとタイマンをして勝てるプレイヤーはいなかった。純粋な戦闘力なら突き抜けている化け物だ。とはいえ、私やキヨミンならタイマンなんてシチュエーション に持ち込まれる前に戦術で勝てる。

「ひってえなぁ。いや、俺等はずっとそうだったな。アヤノとキヨミンが指揮官で俺が切り込み役。いつも通りだ。いつも通りなら勝てるさ」

「あはっ、そうかも。うん、負ける気しないね」

「僕ら三人が組んで負けるはずがないよ。じゃあ、乾杯だ。僕らの友情に……」

「「「乾杯！」」」

仲間か。

たしかに私たちは仲間だった。

同じギルドに所属していた。そして今回も手を組む。

でも、同時に競争相手でもある。グランドキャンペーンにはＭＶＰが存在し、選ばれれば強力な装備が与えられる。

それは【八宝剣】と呼ばれていて、完全なる一点もの。

私はそれがほしい。

そして、とある事情からＭＶＰは絶対だとも考えている。

ＭＶＰになれるのは一人だけ。仲間を出し抜くこともあるだろう。

そして、それはキヨミンも同じだ。キヨミンも確実に気づいている側にいる。

オンラインゲームの本質は二つ。
一つ、数こそが力であること。
二つ、〝リソースの奪い合い〟であるということ。
それはたとえ世界を救うための戦いであっても変わらない。

第十四話✦女神の提案

それから料理が次々と運ばれてきた。

マッゴウは羨ましそうに私とキヨミンを見て、口を開く。

「キヨミンとアヤノンはいいよなぁ。キヨミンは王族で専用職、アヤノンはハイエルフだろ。俺、ゲームに転生とか、願いが叶(かな)うとかで頭いっぱいで、この通り普通の人間で一般職だぜ」

そのボヤキにキヨミンが反応する。

「僕がずっと王子に憧れてたのもあるかもね。舞台で演じる王子役じゃなくて、本物の王子様にさ。だからとっさに言えたんだ」

「それ、もう願いが叶ってるよね？」

「そうだね。だから、世界を救えば願いを叶えてくれるなんてどうでも良くて、ただ、この世界を守りたいだけなんだ。現実に帰るつもりなんてないし」

「キヨミンのそれ、現実逃避の極みじゃない？」

「それはアヤノも同じだろう？　やらかしたことをなかったことにして過去に戻りたいな

んて。異世界に逃げ込むより、よっぽどひどい現実逃避だ」

「うん、否定しない。神様でもないとどうにもできないから、今ここにいるんだし。それでも、私は声優を諦められない」

新しい世界でがんばるほうが、過去に戻るより前向きなのはわかる。

まあ、私はそういう理屈なんてくそくらえって思ってるけど。

「俺だって叶えたい願いがあるんだ。だから、世界を救う！　グレートボスのアヤノとノゾミとマッゴウがいるんだ。余裕だぜ！　ツナミとアリエだって絶対来てる！」

マッゴウは酔い始めた。酔うと暑苦しくなるタイプだ。

聞いてないのに決意表明をし始めた。

そんなマッゴウだけど、私の彼への評価はものすごく高い。

頭を使うのが苦手で作戦立案能力は皆無。アクシデントに弱く、機転が利かない。初めて見る出来事は対処できない。あと空気も読めない。

だけど、戦闘能力は超一級。手の内を知っている相手であれば最適行動を絶対に間違えずに詰ませてくる。

そして、最大の武器は反射神経。まさに人外の領域。

なにをしても後出しで対処されるだろう。

おそらくタイマンなら全プレイヤーの中でも最強の一人。私でも勝てる気がしない。

私のトラウマをえぐった分、その力を利用させてもらう。

それと、せっかくこのメンバーが集ったんだし、美味しいご飯を食べて終わりにはしたくない。もっと突っ込んだ話をしたい。

「せっかくだから、この世界について共有しようよ。言い出しっぺの私から言うけど、この世界は最新パッチが適用された環境じゃなくて、ver.3・03からver.4・11の間。具体的には最後の第八厄災が終わったところから半年。その期間のパッチが混ざってる感じ」

「あっ、だからスキルの仕様が昔ので違和感があったのか」

「僕は気づいていたよ。でも、どのverかまでわかるのはさすがだね、アヤノ」

そこからお互いの情報を擂り合わせていく。

いろいろと意見は出るが、残念ながら私にとっての新情報はない。

「私ね、女神が嘘をついていると思うんだ」

「どこの部分をだい？」

「女神は、異世界を模したゲームを作って、それをたくさんの人にプレイさせて、世界を救える人間を探して呼び寄せたって言ったよね？」

「うん、僕も同じ説明を受けたよ」

ああ、キヨミンはそうなんだ。

【そういうの】がいるかもと思って、カマかけのつもりだったのにな。

「……私は逆だと思っている。あまりにもこの世界は不自然だもん。順番が逆なら、説明順番が逆なら、説明がつく。ゲームがまずあって、それをもとにした世界を作った。でもそれには不都合があって、それをごまかすために、現実世界のルールを中途半端に持ち込むしかなかった」

「そう思った理由を教えてもらっていいかい？」

「アルシエの図書館の歴史書かな。言葉の変遷がない。一番古い歴史書ですら言語が同じどころか、文法と語彙すら変わってない。言葉は変わりながら増えていくもの。完成した言語を与えられて変更を許さないなんて人為的な手を加えていない限りこうはならない」

私は、世界を救うとは何か？　それを調べるためにアルシエにいた頃様々な情報を探っていた。そこでこのことに気づいた。

「それだけじゃないよね？」

「極め付きは隠し部屋の歴史書の中に、私たちがゲームのときにした戦いについて書かれてあったこと。プレイヤー名までしっかり書いてね、わかりやすい証拠をこれみよがしに用意するぐらい、女神はそれを隠すつもりがない」

普通じゃ見つからない場所、逆に言えばゲーマーならここに隠し部屋がありますよって勘づく隠し部屋に置かれた歴史書。そこにはゲームのときに経験したグランドキャンペーンのことが書かれていた。私たちの戦いとその結末が。

「……興味深いね。そう考えると僕も腑に落ちることがある。というより、そう考えないとおかしい。僕らはゲームだからとこの世界を受け入れているけど、あまりにもちぐはぐでおかしな世界だ」

「嘘にはたいてい理由があるの。嘘だとしたら、どうしてそんな嘘が必要だったかだよね」

私とキヨミンが異常な点を議論していると、急にマッゴウが机を叩いた。

「ちょっと待って、俺、話についていけてない。じゃあ、世界を救えば俺らの願いを叶えるってのも嘘ってことかもしれないじゃないかっ」

「私は、そういう心配はしてないかな。女神には世界を作るほどの力があるんだから、願い事ぐらい叶えられるでしょ?」

「同意だね。それに僕には関係ない。王子になれたことで満足しているんだ。こうして議論しているのは、この世界を救うためさ」

私の嘘にキヨミンが即座に乗ってきた。少し考えればわかる。そもそもありえるはずがない、三百人に願いを叶えるなんて約束すること自体が。

「だけど気になるぜ。俺は嘘つきの言うことは信じられない」

「うーん、信じられないならそのナイフで首をかき切ったらいいと思うよ。女神は死んだら現実に戻れるって言っていたよね。それで今まで通りの生活に戻れるよ。まあ、死んだら戻れるってのも嘘の可能性があるけどね」

マッゴウが震えていた。

死ねば終わり。

だけど、現実世界の死ではなく、女神は現実に戻ると言っていた。

ここから抜け出す確実な方法は死だ。この世界に不便さを感じて、そうやって現実に帰ったプレイヤーはけっこういると思ってる。

「ごめんごめん、怖がらせちゃった？　覚悟を決めるしかないって言いたかったの」

「そうそう、覚悟を決めなよ。ここに来ることを選んだ時点で僕らは後戻りできないんだ。

あっ、そろそろデザートを頼むかい？　ここはデザートも絶品だよ」

「あっ、いいね。それとお土産(みやげ)ってできる？　ホムラちゃんは甘いのが大好きなの」

「いいさ、料理も一緒に包もう」

「ありがとっ。きっと喜ぶよ」

マッゴウが私たちを見て引いてる。

……たぶん、マッゴウのほうが正しい反応なんだろうな。

でも、生き延びるのは私やキヨミン側だ。

◇

店を出て、レイキャット城下町を後にする。

宿は全部埋まっていた。ゲーム時代からあったのもそうじゃないのも。

城下町は栄え、常に大勢の人が押しかけ、よほどのコネがないと宿がとれないらしい。

仕方がなく王都から少し離れたところにテントを立てて野宿することにしていた。

「ただいまっ。ホムラちゃん」

「遅い。寂しかった」

「ごめんね。ちょっと大事な話をしてたんだ」

世界を救う話について。

あれから、キヨミンには王族の権力を使ってプレイヤー探しを継続すると告げられた。

もし生活に困って冒険する余裕がないなら支援する、とも。さすが王族。

マッゴウと私はレベル上げと仲間探し。がんばらなきゃ。

「アヤノ、お腹すいた。ごはんにしよ」

「遅くなるから一人で食べてって言ったよね」

「アヤノと一緒に食べたいから我慢してた」

えらいでしょって顔で見てくる。

もう食べてきたって言いにくい。

でも、たっぷり食べたあとにもう一回夕食を食べるのはきついな。苦しいし、確実に太る。

……明日運動をすればいいかな。

「いい子だね。たくさんお土産があるんだよ」

私はキヨミンに甘えて、もらってきたお土産の料理を出す。

冷めても美味しいものを見繕ってもらった。デザートもある。

「美味しそう！　お皿出す。アヤノと半分こ」

「ごめんね、ちょっとお昼食べすぎたから、その半分でいいかな」

「そう？　じゃあ、たくさん食べる」

嬉しそうにしてくれて良かった。

半分も食べたら胸焼けで明日ダウンしちゃうところだったよ。

◇

夢を見ていた。

なぜわかったかと言うと、目の前にこれは夢ですってテロップが流れてる。

ふざけすぎ。

私は転生したあとのハイエルフ姿で現実世界の服を着ているため違和感がすごい。ジーパン＋Ｔシャツの色気も何もない部屋着。

私の部屋で誰かが、私のゲーミングＰＣをかたかたとさせていた。

その人物が振り返る。

「どうも女神ちゃんです。ぱんぱかぱーん。【ミッション二：女神の嘘に気づけ】クリアです！」

「内心ではずっと前から疑ってたんだけどね。声に出す、あるいは他人に共有するってのがトリガーかな？」

「その通り！　ちなみに嘘って気づいたのはどのタイミングですか？」

「女神に転生を持ちかけられて五秒で」

願いが叶うかもしれない。その可能性にすがってはいたけど、五秒で嘘だと気づいた。

「へえ、その理由を聞いてもいいですか？」

「上位三百人を呼んで、願いを叶えるって言った時点で嘘に決まってる。例えば、人気ナンバーワン声優になりたいって人が二人いたら？　願いを叶えるってことは誰かの願いを否定すること。三百人相手なら競合する確率は高い。全員に願いを叶えるなんて言えるのは詐欺師だけ」

そう、私ははじめから女神が嘘を言っていることには気づいていた。

「すごい、すごい。それがわかっていて、この誘いに乗った理由は？」

「今の私にはわからないよ。だって、私がその疑問を持たないわけがないし、疑問を持ったのなら確かめるはず。なのに覚えていないってことは記憶を消されてる」

「ふふふ、願いが叶うって聞いて舞い上がったんじゃないですか？」

「私に限ってそれはありえない。推測だけど、記憶が消される前に何かしら交渉して、納得できる答えをもらえていたんじゃないかな？　例えば、実は願いが叶えられるのはもっとも世界救済に貢献した一人だけとか。なら、私がやることは全力でこの世界を救うことだけ。私の願いのために」

女神がにやりと笑う。からかうような、コミカルなものではなく黒幕がするような、よくできましたとでも言いたげな笑い。

私はあえてキヨミンとマッゴウの前ではこの気づきを言わなかった。

もし願いが叶う人数に限りがあるなら、おそらくは世界を救う際の貢献度が重視される。その仕組みに気づいてＭＶＰを本気で狙う相手は減らしておいたほうがいい。

キヨミンとかは確実に気づいているだろうけど。

「疑問を持ったけど、反抗的だったから無理やり転生させられたって可能性はないですか？　だって私は都合が悪ければ記憶を消すような極悪人ですよ。あなたの推理ではね」

「可能性は低いよ。なにせ、三百人に声をかけて、こっちに来たのは二百四人。百人近く断っているから、強制はしないか、できない。まあ、それすらも嘘かもしれないけど。その場合はお手あげ」

「ふふふ、面白い。やっぱり、あなたが主人公かもしれませんね」

主人公ね。そのワードを使ったのは意図的だろうな。

だとしたら、とある仮説が急に現実味を帯びてくる。

「ちなみに、ミッション一は？」

「ヒロインを見つけて縁を紡げ、です。そのとき一回挨拶したじゃないですか。忘れちゃったんですか？　いやー、みなさまには特別な縁を持つヒロインやヒーローを全員分用意しているんですが。縁を作ってもなかなか気づいてもらえなくて、けっこうスルーされてるんですよね。悲しいです」

「全員にヒロインやヒーローを用意して出会いを仕組んだんだ？」

「そうそう。だって、不自然でしょう？　神の炎を祀る一族の巫女がさらわれて、あんな街にいるなんて。第一、あれほど美少女、チンピラが手出しせずに我慢できるはずないじゃないですか。即はめボンバーですよ」

「そこは同意見だけどね。どうして、そんなにめんどくさくてわかりにくくしたの？　私だってスルーする可能性はあったよ」

自分の命と貞操すら怪しい状況で、人助けするなんてのは正義感が強いんじゃなくてバカだ。

それでも助けたのはものすごく好みだったから……ってのもあるけど、それ以上に転生時のやりとりを思い出したから。

「間抜けは見限るだけですよ。さてとお仕事お仕事。ぱんぱかぱーん！　ミッション一とミッション二をクリアしたあなたにはミッション三が与えられます」

ミッション三解放条件が嘘を見破ることなら、嘘がばれるのは既定路線ってこと。

ばれてもかまわないというか、むしろばれてほしい。

それはなぜ？

知っておいてもらったほうがいいなら、初めから嘘をつかなければいい。

それこそ本気で世界を救ってほしいのならば。

知らずにいて、途中から知ったほうがいい理由ってなにかな？

……ああ、うわ、ひとつくだらない仮説ができちゃった。

「あっ、その仮説当たりですよ。すごーい。いやー、ちょっとミッション三の報酬にボーナスつけてあげますね」

「それはありがたいね。できれば、ミッション一とミッション二の報酬もほしいけど」

「ああ、そっちはただの前提ミッションなので。報酬なしですよ」

「……これ、まさか連続クエストじゃないよね？　それも、途中でこけたら、次が起きなくなるくせに後半の報酬が良くて、後になってめちゃくちゃ後悔するやつ」

「はい、一回でもこけたら終わりの報酬めっちゃいいやつです。出血サービス。えっへん」

「こういうの一番プレイヤーに嫌われるよ。とくに今回はヒロインと出会ってない時点で、報酬全部なしとかやりすぎじゃ」

女神はふふんっと鼻息を荒くして、指を立ててくるくると回す。

「やりすぎ？　いいんですよ。ヒロインと出会えないカスが主役の物語なんてゴミ以下じゃないですか。モブ決定です。いえ、画面端のにぎやかし。わーわー言ってるガヤですね。ほら、たまーに養成所の講師が生徒にこっそり封筒渡すやつ」

「そんな声優マイナーネタ言ってもわからないし。今はコロナ禍で人数規制があって、ガヤも主役級が声変えて人数稼ぎしてるから」

「ぷっ、引退歴長いから知らないんですねぇ。もう、ガヤ要員復活してますぅ。可哀想」

それは知らなかった。

養成所で見込みがある子には、たまに現場を体験してこいと、ガヤ（めっちゃ人数が必要なやつ）の仕事を斡旋される。軍隊同士のぶつかり合いの兵士ＡＢＣＤＥとか。

そのときはなぜか無駄に大きい封筒を渡されて、その封筒を渡されている子を見ると、あの子は期待されていて、自分は期待されていないって気づく。

せめて異性なら今回は男の子役だなって現実逃避できるけど同性だと本当に心が軋む。

一回、死ぬほど悔しくて自分で買った大きい封筒を意味ありげに持ち歩いてたら、カバンのなかにコーヒーぶちまけられる嫌がらせを喰らった。

「モノローグ長すぎません？　そういうどろどろしたのは激しく需要ないですよ」

「今のは実験。どこまで女神様が考えを読めるのか確かめたの。今までのは表情から予測できることだったけど、今のは心を読めなきゃ無理でしょ？　完璧に読まれるし隠し事はできないことがわかったよ」

「女神に喧嘩を売ってもいいことないですよー」

「そうだね。じゃあ、ありがたくもらえるものをもらうために試練に挑むよ」

「おっ、素直じゃないですか」

「そうじゃないと事務所に入れなかったからね」

媚の売り方で私の右に出るものはいない。

体以外のものはたいてい売ったし。プライドとか時間とか人生とか倫理観とか。

「あなたの性格なら逆に体を売ってないほうが不自然ですねぇ」

「それで失敗した人をたまに見るからね。割に合わないよ」

声優を抱きたい奴なんてろくなのがいない。

お金さえ出せば、同じぐらい美人な子をリスクなしに抱ける。高級ソープでも行ってランキング一位を選べばいい。下手なアイドルより可愛いしテクニックは比べ物にならない。

それでもリスクを冒して手を出すのは、本人の可愛さとかじゃなくて、みんなが抱きたい女を抱いたっていう優越感に浸りたいくそ男だ。

優越感を得るには抱くだけじゃだめで自慢しないといけない。だから、ここだけの秘密

業界人はそれが外に漏れると火の粉を被るから表には出さない。でも、一瞬で業界中に広がる。「ここだけの話だけどね」って枕ことばと一緒に。

体を売って仕事を得ても、業界の中の公然の秘密でそういう女って見られて、はい終了。

「そうまでしてしがみつきたい世界には見えないですけどね。まあ、ミッションがんばってくださいな」

うん、がんばるよ。私のために。

「でも、あなたは願いを叶えたあとのことを考えてます？　あーんなになついた可愛い子を置き去りに現実へ帰っていくんですよね。きっとホムラちゃん泣いちゃいますぅ」

女神は最後ににやりと悪意にまみれた笑顔で言い捨てた。

その瞬間、女神の笑顔とは正反対な、ホムラちゃんの純粋にただ私のことが大好きって、そんなまっすぐな気持ちにあふれた笑顔が浮かんで胸が軋んだ。

女神がぶつけてきたのは悪意であり、嫌がらせ。

でも、私が願いを叶えればホムラちゃんが置き去りになるということは、真実だった。

「知ってるよ。そんなこと」

とっくの昔に気づいていた。なのに私はずっとそこから目を逸らしていたんだ。

世界が軋んでいく。どうやら、夢が終わるらしい。

第十五話✦白雪姫(アークウィザード)

目を覚ます、あまりの暑さ、いや熱さのせいで。

「ホムラちゃん」

「…………」

ホムラちゃんが炎に包まれて宙に浮いていた。

私があげたパジャマが燃えて、裸になっている。

「聞こえる？　ホムラちゃんっ」

返事はない。

目が虚(うつ)ろだ。

ホムラちゃんの口が開く。

「この娘は炎(ほむら)の神の花嫁にして贄(にえ)。返してもらう」

それはホムラちゃんの声なのに、ホムラちゃんじゃない。

なにかがホムラちゃんの体を使っている。

これが第三のミッション。

そうか、これで確信した。この世界がどういう仕組みか。女神が私の立てた仮説を当たりと言ったときから、そういう気はしていたけどね。

「断るよ。ホムラちゃんは私の嫁だからね」

相手の意図が透けて見える。

だから、露骨に出された選択肢に対して、正しい物を選んだ。

私の敵は、ホムラちゃんを支配している謎の存在じゃない。

このホムラちゃんを操っている謎の存在も、誰かの都合で操られている。

それをわかっていて、なお、この流れに乗る。

「炎の花嫁を奪うと申すか。ならば、力を示すがいい」

その言葉と同時に空間が歪む。

空間転移の前兆。

雑なイベントだな、伏線も、予兆もなく、いきなり困難だけが突きつけられる。

雑にもなるよね。……だって、この世界に呼ばれた二百四人、その全員にヒロインとイベントを用意したんだから。

私は、女神との会話の中で、この世界に対する考察をした。

女神に考えが読まれているからこそ、考えうるすべての考察を意図的に脳裏に浮かべた。

その一つに女神は反応した。

その仮説とは……。

『これはエンタメなんだろうね。誰かが私たちを見て楽しんでる』

ヒントはあった。

女神が言ったヒロインと出会わない主人公はカス、モブにもならないガヤだって言葉はもう答えと言っていい。

私たちの冒険を見て楽しんでいる誰かがいる。

女神かもしれない、他にこの世界を作った神様がいるのかもしれない、あるいは本当に何かのメディアで流れて信じられない数の人が見ているのかもしれない。

「もし、これが私の物語で、私が主役なら、きっとかっこよくホムラちゃんを助けるよね」

そう言って炎に包まれるホムラちゃんに微笑みかける。

本気の人を見世物にするコンテンツはそう珍しくない。

たとえば、恋愛リアリティショー。

あれにも台本付きと、本物があるけど、本物のほうが面白い。

そして、観客の立場で二百四人のプレイヤーが本気で願いを叶えるためにあがくところを見るのは楽しいだろうなと思った。

その仮説が正しい場合、絶対的な真理がある。

面白く、舞台映えするキャラクターは優遇される。

だから乗ろう。このくそみたいに手抜きで、とってつけたような展開に。

私が面白くしてやる。

さあ、頭を働かせろ。台本はない、アドリブだ。

場が面白くなるセリフを探れ。

「ホムラちゃん、聞こえてる？　絶対に助け出すよ。私はホムラちゃんが大好きだから」

できるだけベタにストレートに。それが一番外さない。

「声をかけても無駄だ。すでに炎の巫女(みこ)は神に捧(ささ)げられた。それでも抗(あらが)うか」

「抗うよ。だって、好きな子すら救えなくて、世界を救えるわけがないもの」

杖(つえ)を突きつける。

やりすぎかなと思ったけど、これで良かったみたいだ。

ゲームみたいにわかりやすく選択肢表示はされない。

でも、感覚でわかる。

たとえば、最初にホムラちゃんが炎に包まれたとき逃げていれば、あるいはホムラちゃんが炎の巫女だって言われたときに引いていれば、そこでイベントは終わり。

勝手に落胆されて、私は主役の座を奪われた。

そして連続クエスト失敗と告げられる。

「神に抗うか、愚か者め。ならば、その力を示せ」

ホムラちゃんの体から炎が吹き出て、それが炎の魔神の姿となる。

モンスターの情報を見るときの要領で目に力を込める。魔神の名は炎精イフリートと表示されていた。

超ビッグネームの精霊だ。炎の魔神・精霊と言えば、まずイフリートが出てくる。

このゲームにもいた。

イフリート、レベル百五十。そのレベル帯でも極めて強いボスモンスター。

同レベル帯では四人のフルパーティで挑んでも勝てるか怪しい。

そんな相手に今の私ではなにをどうしても勝てない。

さらに私は僧侶で、攻撃技がない。道具として使えるエルフの杖は炎属性のためダメージどころかイフリートを回復させてしまう。

『この第三のミッションはチュートリアルでもあるんだね』

露骨にある手段を使うよう誘導している。

そう、ホムラちゃんと縁を紡いだあとに女神から与えられた力。

エンタメにおいて試練は必要だ。

でも、その試練というのは超えられる試練でないといけない。

絶対に超えられない試練を用意して、はい、超えられませんでした！　なんてのは面白くもなんともない。

私を見て楽しんでいる誰かがいるなら、私が正しい選択をして、最善の行動をすれば、ぎりぎり超えられるように調整しているはず。

必ず私の手札にこの試練を超えられるカードがある。

イフリートが動いた。

「我が獄炎にて灰燼に帰すがいい」

イフリートの頭上に巨大な火球が現れる。

知っている。

その呪文も、その詠唱時間も、その威力も。

さあ、力を使おう。

露骨に、使うなら今だと誘導されている力を、お望み通りに。

「ブレイヴシステム起動。チョイス。スノー・ホワイト」

私は過去の私の中から、スノー・ホワイトを選ぶ。

白銀の雪結晶が煌めくローブを纏う。

頭には精霊石が眩(まばゆ)いティアラ。

手には青い宝玉をあしらった巨大な両手杖。

ダイヤのハイヒールを鳴らし、青い瞳が輝き、青銀の髪が靡(なび)く。

最上級魔術師、アークウィザードのスノー・ホワイト。


『これがブレイヴシステムなんだね』

プレイヤーの切り札。

一日に一度、ゲーム時代のキャラクターを五分限定で呼び出せる、プレイヤーが英雄たりえるよう与えられた力。

一流プレイヤーともなると、複数のカンストキャラをアカウントに保持しているが、呼び出せるのはこの世界で最初に呼び出したキャラだけだ。

だからこそ温存していた。どのキャラがこの世界で一番有効か確証がなかったから。

でも、今、この力が必要で。最上位炎精霊(イフリート)に勝てるのは白雪姫(スノー・ホワイト)だけだ。

「いくよ、イフリート。ホムラちゃんを返してもらう」

私は詠唱を始める。

氷雪系最上位呪文。

詠唱に必要なステータスをカンストさせ、詠唱短縮系スキルをすべて取得し、理論上最強装備で固めて、それでも七秒もの詠唱を必要とするほどの大魔法。

イフリートが笑う。

「途方もなく強力な氷の力を感じる。だが遅かったな。我が獄炎は完成したぞ。
【天地を焦がす獄炎（インフェルノ）】」

火炎系最上位呪文の一つ【天地を焦がす獄炎】が放たれた。

燃費は最悪だが威力だけ見ると最強の魔法。

並の魔法防御ではレベルを最大まで上げても即死。

太陽のごとき獄炎球が天から落ちてくる。

「愚かなる人の子よ。呪文が間に合っていれば相殺できたものを」

イフリートが勝ち誇る。

もしブレイヴシステムを二秒早く起動していれば、詠唱中の魔法で相殺できただろう。

でも、二秒遅れたから太陽が落ちて、灼熱（しゃくねつ）地獄が生まれ、私は焼かれることになった。

「我の獄炎を喰（く）らえば骨も残らぬわ」

炎が私のヒットポイントを容赦なく奪い続ける。だが恐怖はない。

『計算通り』

私の装備は氷雪系の力を最大限まで高めるためのもの。それ故に炎に強い耐性がある。

たとえボスの必殺技であっても一撃は耐えられる。

イフリートの【天地を焦がす獄炎】で受けるダメージは乱数によるばらつきはあるが私のHPの83%～98%。

つまり、最悪の乱数を引いてもなお死なないということ。

『でも、まさか最大乱数を引くとは。相変わらず私は運が悪い』

あと一ミリライフバーが減れば死ぬ。

ノックバック無効効果を与えるリストバンドが効果を発動する代償に砕けた。

おかげで、詠唱はキャンセルされずに続く。

炎が晴れていく。

「貴様、生きて⁉ ならばさらなる炎でっ！」

イフリートが追撃の魔法を唱える。

だけど、私の詠唱が完成するほうが早い。

「【永遠の氷雪牢獄(コキュートス)】」

イフリートの【天地を焦がす獄炎】、その氷雪属性版とも言える魔法。

私を中心に氷雪が吹き荒れ、灼熱地獄すら凍りつかせる。

イフリートが凍りついていく。

氷結状態になり、イフリートが追撃のために詠唱していた魔法が強制キャンセル。

イフリートは炎を巻き上げて内側から氷を燃やし氷結状態を解除しようとする。

「があああああああああああああ、この程度で我が滅びると思ったかっ」

今にも氷が燃え尽きそう。

だけど、次手は私のほうが早い。それがわかっていて立てた戦術だ。

「【多重詠唱】。重ねて【降り注ぐ豪雷(サンダーレイン)】」

雷がイフリートの頭上から降り注いだ。

アークウィザード固有スキル、【多重詠唱】。

属性が違う魔法を同時に詠唱する。

イフリートは氷・水以外のすべての属性に完全耐性もしくは強耐性を持つ。

しかし、氷結状態は強制的に耐性を書き換え、風・雷属性を弱耐性にしてしまう。

故に降り注ぐ雷によって大ダメージを与えられ、弱耐性で巨大な雷属性ダメージを受けたことにより、状態異常の痺(しび)れが発生。

「があああああああああ、動けぬ。猪口才(ちょこざい)なあああああ」

痺れが解除される頃には、それまでの時間を使い新たな三つ目の詠唱が完成する。

「【連続魔弾】」

無数の魔力の弾丸が次々に降り注ぎ強制連続ノックバック。

距離がかなり開く。つまり、次の魔法を放つ詠唱時間が確保できた。なおかつイフリートの最大射程の外。

「貴様ああああああああっ」

「気づいてる？　君、詰んでるよ」

私は次々と魔法を放つ。

ありとあらゆる状態異常とノックバック、ときにはテレポートを利用して、距離と時間を支配する。一方的な展開だ。

一発でも攻撃を受けると死ぬなら、一発も攻撃を撃たせなければいい。

魔法使いの実力は、魔法をどれだけ使いこなせるか、正しく魔力の管理をできるか、詠唱時間の把握と敵の行動予測、状態異常の把握、リキャストカウントの正確さで決まる。

『一番、頭を使う職業なんだよね』

ありとあらゆる魔法を使いこなし、状況に応じて状態異常やノックバックの利用をしなければ距離を詰められて詠唱すらできずに殴り殺される。

魔力の管理も重要。自動回復分も考慮した上でダメージ効率を最大にする組み立てをしなければならない。

自身が使う全魔法の詠唱時間を把握して、相手の行動を予想し、詠唱が間に合うかどうかを常に計算して判断。

私は今回の戦闘で九種類の魔法を使っているが、そのすべてのリキャストを秒単位でカウントしている。

これが魔法使いの戦い方。

そして、いよいよ戦いの終わりが近づいてきた。

「ガアアアアアアアアアアアアアアア！」

イフリートが炎を撒き散らしながら突進してくる。

【獄炎の豪進撃】

イフリートの切り札。生半可な攻撃では止まらない突進技。

「君がそうするって知ってたよ」

イフリートの切り札が予め設置していた【氷地雷】によって阻まれる。

今日初めて見せた魔法。

詠唱に時間がかかる上、事前に設置必須なくせに同時に出せるのは一つ。使い勝手はかなり悪い。しかし、その見返りに絶大な威力と行動阻害を併せ持つトラップマジック。

イフリートが氷の地雷を踏んだ瞬間、無数の氷柱が地面から突き出て体を貫き、内側から凍らせてしまう。

それを踏む前提で、私は最後の詠唱をしていた。

氷に貫かれながらもイフリートは肉薄し、杖が触れそうな距離でようやく魔法が完成。

それは開幕で使った魔法、私の最強火力。ちょうどこれで私は魔力を使い切る。

「【永遠の氷雪牢獄】」

そして、その魔法は炎の魔神すら凍らせてしまう。

「あっ、ありえない、人が魔神を倒すなど」

「ありえるよ。私は魔神より強い」

炎の魔神が氷と一緒に砕けて青い粒子になって消えていく。

同時に、ブレイヴシステムの時間切れ。

スノー・ホワイトの時間が終わり、銀髪のハイエルフに戻る。

「それとね、炎の魔神さん。二秒遅れたんじゃないの。二秒遅らせたんだよ。【天地を焦がす獄炎】は相殺できたけど、相殺したら、魔力と時間が足りずに殺しきれなかったから」

イフリートのステータスは知っていた。

だから、獄炎を受けても耐えられると計算して、初めの一撃は喰らうと決めていた。

こうしなきゃ倒せないのは偶然じゃないだろう。

エンタメだからこそ、ぎりぎり超えられるハードルを用意する。

いくつかある過去の私からスノー・ホワイトをチョイスして、あえて相殺ではなく瀕死になるほどのダメージを受けつつ魔法をぶつける。

この判断をしてなければその時点でアウト。

戦っている間も気が抜けない。最適解を選び続けてようやく倒せる。一つのミスで死ぬ。

『この難易度。ちょっとやりすぎな気がするね。キヨミン、マッゴウあたりの幹部はクリアできるだろうけど。うちのギルメンでもけっこう怪しいかも』

私のギルドは高難易度レイド攻略ギルドだけあって精鋭ぞろい。

それでも厳しい。

本来の実力が発揮できればいけそうだけど、死んだら終わりというプレッシャーと、ヒロインのピンチで正しい判断ができるか？　ってのもある。

でも、それを考えるのはあとだ。

「ホムラちゃんっ」

イフリートから解放されたホムラちゃんを抱き上げる。

ホムラちゃんは裸になっていた。イフリートの炎で服は燃え尽きたのだろう。相変わらずエッチな体をしてる。

「アヤノ、ごめん」

どうやら体力を奪い尽くされているようだ。

「いいよ、ホムラちゃんが無事なら」

「せっかく、アヤノがもふもふパジャマ作ってくれたのに。燃やしちゃった」

「また作るよ。もっと可愛いのをね」

「楽しみ。あと、迷惑かけちゃった。それもごめん」

「迷惑かけていいよ。私はホムラちゃんが大好きだからね」

ホムラちゃんが目に涙を浮かべて抱きついてきた。

作り物でとってつけたような試練だったけど、ホムラちゃんは作り物じゃない。

ホムラちゃんの感情は、私を好きってのは本物だ。

演技に命をかけてきたから、本物かどうかはわかる。

【システムメッセージ：ぱんぱかぱーん！　ミッション三．絆（きずな）クエスト、クリアおめでとうございます。特別報酬をプレゼントしちゃいます！　それはなんとぉ】

だからこそ本気で私を愛してくれるホムラちゃんが見世物にされているのに怒りを感じる。

それでも……。

『うん、いいよ。しばらくは主人公をやってあげる』

その代わり、しっかり主人公補正はもらう。

私が物語の中心になってやる。

私が世界を救って願いを叶える、その日まで。

第十六話 ✦ 決戦前夜

ホムラちゃんが気を失っている。

ホムラちゃんの内側から現れた炎精イフリートに体力と精神力を根こそぎ奪われて衰弱した……っていうことかな。

ステータス上はＨＰとＭＰが一になっている。

私はホムラちゃんに毛布をかけて、ふわふわの髪を撫でてあげる。

イフリートの言うことを信じるなら、ホムラちゃんは炎の神の巫女だとか生贄とかってことだけど。

めちゃくちゃ重要そうな設定なのにまるで心当たりがない。

ゲームのイベント関係なら私が知らないなんてありえないはずなのに。

……ちゃんと調べないとだめだね。私のためにもホムラちゃんのためにも。

【システムメッセージ：どんどんパフパフー、女神ちゃんですっ。お楽しみの報酬タイム。すごいですね。難易度Ｓなのにクリアしちゃうなんて。報酬弾んじゃいますよっ。いやー、絶対無理だと思ってたんですけどね】

「難しかったわけだね。……これからも難易度Sかな？　遠慮してほしいよ」

イフリートとの戦いは地獄みたいな難易度だった。

いくら私でもこういうのが続くとしんどい。

【システムメッセージ：えっ、これからも？　何言ってるんですか。生まれたときからですよ。人生そのものが難易度Sです。あっ、ちなみに三人だけですよ。誇っていいです】

おふっ。だからかっ！　生まれてすぐ浮遊島から捨てられるなんておかしいと思ったよっ！　あと人生そのものが難易度Sってパワーワードすぎるよね!?

あれ、普通に死ぬからね！

「なんで、たった三人だけの難易度Sをやらされてるの!?　私、なにかした!?」

私以外の残り二人もご愁傷さまです。辛(つら)かったよね。

いや、私もサバイバルとかモヒカンたちに拉致られたときは泣きそうだったんだよ。

【システムメッセージ：いえいえ、公平ですよ。だって、あなたはスペックもヒロインも最高評価ですからね。その分、難易度が上がっているんです。じゃなきゃ不公平じゃないですか。それにぃ。なんと難易度が高い分、報酬がいいのです！　さあ、お楽しみの報酬タイム！　二つありますね。一つ、ホムラちゃんが新スキル、【精霊召喚（炎）】を習得！】

「もしかしてイフリートを呼べちゃうの!?」

レベル百五十帯のフルパーティで挑むボスだよ!?

レベルカンスト勢のスキルだとしてもぶっ壊れているんだけど!?

【相応に調整されてますけどね。それでも、ホムラちゃんは当たりヒロイン枠なんだから超強力！　その分、これからも鬼難易度イベントが待ち構えてるのはご愛嬌。報酬は前払い込みと思っちゃってください。あっ、システムメッセージって付け忘れたっ】

ゲームのときには存在しないスキル。

というか、あったらバランス崩壊する。

解析はできないから、検証するしかないか。きっと技の説明欄を見ても雑なことしか書いてないんだろうな。徹底的に調べなきゃ。

【システムメッセージ：二つ目はあなたことアヤノ自身の強化です。新たに……】

とてつもなく強力なスキルを与えられた。

……というかこれはかなりズルくない？

使えることを言う相手は選ばないといけない類のやつ。

ただ、それ以上に気になることがあった。

「ねえ、女神様。自分が言ってることがおかしいってわかってる？　私は強い種族で最高のヒロインを選んだ」

【システムメッセージ：何がおかしいんですか？】

「その代わり、ゲーム開始から鬼難易度で、個別ミッションも難易度が高い」

【システムメッセージ：ええ、そのとおりです。もう、さっさと結論を言ってください。こっちは二百人を相手にして忙しいんですから！】

「じゃあ、言うね。難易度が高い分報酬がいいって何かな？　ただでさえ、私は強い種族でホムラちゃんはすごいヒロイン。そんな私がみんなよりいい報酬をもらったら強くなりすぎる。オンラインゲームの基本は誰もが主人公になれること。不公平感をプレイヤーは一番嫌うし運営も避ける。なのにこれじゃ真逆だよね」

優遇されているから難易度が高い。

ここまではわかる。

でも、難易度が高い分、いい報酬を用意したっていうのはおかしい。他のプレイヤーからすればひどく理不尽に感じるほど私は強くなってしまう。

これではプレイヤーの一人ではなく、特別な存在になってしまう。英雄や主人公と呼ばれるようなもので、それはオンラインゲームで絶対にしちゃいけないこと。

【システムメッセージ：うふっ。うふふふふ。ノーコメント。うん、気づいても、そういうのは口にしないほうがいいですよ♪】

オンラインゲームにトッププレイヤーはいても、圧倒的なプレイヤーはいない。

あくまで、常識の範囲内でうまくて強いだけ。トッププレイヤーですら、Ｗｉｋｉに載っているテンプレ装備とスキルビルドで固めて戦術の定石をしっかりおさえた中級者が二人で挑んできたら勝てない。

だからこそみんなが平等で、みんなが主人公。

「私の仮説を言うね、女神は、いえ、この世界は……意図的に主人公を作ろうとしている」

真正面から私は仮説を口にしてぶつけた。

女神の反応を見逃すまいと注視する。

【システムメッセージ：では次のイベントをお楽しみにっ！　次々に絆イベントクリアの報告が来てるので私はいっちゃいます。忙し、忙し】

ここまで露骨に話を逸らされたのは久しぶりだ。

でも、まあいろいろとわかった。

とくに大事なのは二つ。

一つ、S難易度のプレイヤーが三人ってこと、私ぐらい反則なスペックで、ホムラちゃんぐらいすごいヒロインがいるプレイヤーがあと二人もいること。

それ自体に驚きはない。

なんというか、ランキング上位三百人はもれなく廃人であり、現実を捨てるぐらいのめり込まないとたどり着けない領域。

そして、そういう奴らの発想力は異常。全力で穴をついて利益を取りに行く。私やキヨミンぐらいの気づきをしている連中が何人いてもおかしくない。むしろ難易度Sが三人っていうのは少なすぎるぐらいだ。

……少なくない数のプレイヤーが人生難易度Sの洗礼ですでにこの世界から退場している可能性が高いけど。

そして気づきの二つ目！

「やっぱりホムラちゃんは最強！」

私がたった三人の難易度Sだったのはハイエルフってこともあるけど、ホムラちゃんが相手だってことが大きい。

世界一可愛くて最強だなんてホムラちゃんは尊すぎるよ！

◇

それから一月ほどは仲間探しをしつつレベル上げをして装備を整えた。

ちょうど狩りを終えて、お呼ばれしている会場に来たところだ。

「今日でレベル四十になった！　ホムラは強い！」

「ぎりぎりでレベル上限に届いたね。ホムラちゃんは世界で一番強いよっ！」

「んっ！　アヤノとホムラは最強！」

グランドキャンペーンが一つ終わるたびにレベル上限が解放される仕組み。

第一の災厄終了まではレベル四十以上にはなれない。

つまり、今の私たちは世界最強……ってわけでもないんだよね。

一部のイベントキャラは平然とそういう枠を超える。ほら、シノビ転職クエストの老紳士とかレベル百五十だし。

それに装備はかなり妥協している。というより、するしかなかった。

「アヤノ、このお部屋、すっごくきれい。お菓子、美味しそう！」

そして、今日はどこにお呼ばれしたかって言うと、王城の豪華な部屋だ。

お茶請けのクッキーをつまむがなかなか美味しい。この世界のお菓子ってたいてい大味だけど、今日のはすごい。さすがは宮廷料理人が作っただけはあるね。

私たちが最後のようで、待ちくたびれていたらしい主催者が指を鳴らして注目を集める。

王子様ルックというか、本当の王子様であるキヨミンがかっこつけながら口を開いた。

「さて、いよいよ明日だね。明日、このレイキャット南の荒野に災厄の塔が落ちてくるんだ」

「怖いですわ。キヨミンお兄様」

「でも、キヨミン兄がいたら余裕だよね」

「ふたりともキヨミン兄さんに甘えすぎないで」

おどおどしてる末っ子、ボーイッシュな次女、しっかりものの長女。

レイキャット王国の三美姫は全員キヨミンを慕っていて、全員がキヨミンのパーティメンバー。

今日は私がホムラちゃんを連れてきているようにキヨミンも三美姫を連れてきている。

ゲームのとき三美姫は王子をひどく嫌っていて失脚させようと謀略を張り巡らせていた。

王子を生んだのが妾、それも庶民ってのが原因。

ゲームのときは、この三美姫が仕組んだ王子暗殺を阻止するクエストとか受けたなぁ。

『ゲームだと王子と姫たちは、殺し合いの謀略合戦をしているはずなのに。キヨミンはどうやってたらし込んだのかな？』

プレイヤーたちは王子のクエストか、姫たちのクエスト、どちらかを選べて、達成者が多いほうに情勢が傾く。

王子についたプレイヤーが多ければ姫たち三人が処刑されて、逆なら王子が謀殺される。少なくともゲームのときは両者が生存するルートはなかった。

キヨミンたちの仲の良さは演技ではない。演技なら私は気づく。声優に演技は通じない。

キヨミンは口に出さないだけで、いろいろと苦労してきたのかも。私が地獄を味わったように。これだけ恵まれているキヨミンが地獄を味わってないハズがない。

気になっていたし聞いてみよう。

「キヨミンはずるいよね。三人もヒロインがいるし、お金と権力まであるんだから。その分、苦労もしたでしょ」

ずるいよねって部分は本音だ。

なんだかんだこの世界はお金がかかるし、王族の権力が使えるのは強い。

王族なら国の諜報部隊を使って情報収集とか、国民たちにお触れを出して必要なアイテムを集めるとかやりたい放題だろうし。

実際、そういうことをキヨミンはやっているし、私もおこぼれにあずかっている。

「それなりに苦労はしてきたさ」

「この前は苦労してないって言ったくせに」

「そのときは、アヤノが味方になるかわからなかったから情報を隠したんだよ。女神いわく、僕は人生難易度Aだよ。妹たちともいろいろあった。最初は嫌われてたし、暗殺未遂とか、クーデターとか、家臣全員ボイコットとか、ほんといろいろ」

人生難易度Aなら、私ほどではないがそれなりに地獄のはず。

今、さり気なく言った状況も普通に地獄だ。

ただ、予想は外れたな。私はてっきり、キヨミンは難易度Sだと思っていた。王族の権力と専用職業のプリンスを持つキヨミンならそうでもおかしくない。三人の姫も一般種族、一般職業ではあるがそれぞれ固有スキルを持っている。

「私は難易度S。私の勝ちだね」

「……へえ、そうなんだ。つまり、王族の権力とプリンスっていう壊れ職業と三人の優秀なネームドキャラの姫がいることよりも、ハイエルフ+ホムラちゃんは恵まれているって、女神は、いや世界は判断しているんだ。大変な子をヒロインにしたものだ」

ホムラちゃんはいったい、どれほど特別な存在なんだろう？

客観的に考えて、王族専用職業プリンスの強さと、ハイエルフという種族の強さは互角。差がつくとすれば、有能な三人の美姫（それぞれ有能固有スキル持ち）+王族の権力とホムラちゃんの部分。それでホムラちゃんが上だと言うなら、ホムラちゃんは世界を揺るがす存在にほかならない。……ガチでセカイ系ヒロインかも。

「ホムラちゃんは世界一可愛いから仕方ないよ。他の人も気になるよね。ねえキヨミン、レイキャット王国の権力使って、他のプレイヤー探してたのどうなった？　とくにギルメンが気になってるんだけど。どうせ、幹部は全員こっち来てるでしょ？」

私たちのギルド、グレートボスは高難易度レイド攻略ギルド。

レイドとは五つのパーティの集まりであり、大型ボスに挑む基本単位。

幹部五人が、それぞれパーティを作りレイドボスに挑むというのを日常的にやっていた。

その幹部五人こそが、アヤノ、ノゾミ（キヨミン）、マッゴウ、ツナミ、アリエ。

オンラインゲームで別格の強さになるには、現実を放り投げないといけない。ゲームの世界が現実になって、願いが叶（かな）うと聞いて、彼らが来ないわけがない。

「実はもうプレイヤーのうち、百人強と連絡がとれたし、我らが最強ギルド、グレートボスが誇る幹部も見つけているんだ。でもツナミとアリエには振られちゃった。あの二人は組んでるよ。それから、ライバルと馴れ合うつもりはないってさ」

「あっ、やっぱ、あの二人組んでるの？　昔から仲良かったからね」

なんというか、グレートボス内でも仲のいい悪いがあって、ツナミとアリエは本当にいつも一緒だったイメージ。レイド戦以外では私たちとつるまず、二人が指揮する四番隊と五番隊で組んでいろいろとやってたし。

「うん、そうみたいだね。でも、スタートダッシュで躓いて、レベル上げが追いついてないから、今回のイベントは諦めてるってさ。第二の災厄から本気を出すみたい。あっ、でも彼らふたりとも難易度Aで絆イベントはうまくいってるとは教えてくれたよ」

「難易度Aを押し付けられるってことは、キヨミンと同レベルの恵まれたキャラと立場ヒロインか。ライバルになるなら要注意だね」

けっこうやばい。だってそれ王族レベル×2を敵に回すってことだ。でも、こっちにはホムラちゃんがいるから……。

「まじであいつら難易度Aなのか!?　俺、難易度Bだぜ。アヤノンがSでキヨミン、ツナミ、アリエがAって、負けた気がするな。グレートボスの隊長格で最弱じゃねえか」

キヨミンがマッゴウの肩をぽんぽんと叩く。

「いや、百人強のプレイヤーと僕は連絡をとったけどね、ほとんど難易度CかDだった。

マッゴウも十分すごいよ。マッゴウってさ、目立たないけどうちのギルドに絶対必要な存在だったじゃないか。野球に例えると、ホームランは打てないけど、勝負強いし、粘って球数投げさせるし、四球を選ぶから出塁率が高い、最高の切り込み役。そういう存在さ」

キヨミンの例えが的確すぎて吹き出しそうになった。

たしかにマッゴウは派手ではないけど絶対に必要な存在。

その例えだとツナミは長打力が自慢の四番で、アリエは守備の要になるキャッチャーかな？　そしてチャンスメイクと打点の両方を期待できる三番がキヨミン。ちなみに私は試合を作る先発ピッチャー。あれ、捕手を寝取られてる？

なんにしてもツナミとアリエが来ているのは朗報だよ。

ライバルとしては厄介だけど、そもそも災厄をクリアできなければ、ＭＶＰ争いもくそもない。あの二人の力は世界に必要だもん。

「ツナミとアリエの監視は続けるし、僕は状況が変われば味方に引き込めると思ってる。全力を尽くす、あの二人が敵って状況はぞっとするからね」

「ここまで情報を集めてるなんて、さすがキヨミンだね。キヨミンが美少女だったら、好きになってたかも」

「普通逆じゃないかな。それと僕は妹たち一筋だよ」

三人の美姫がお兄様、と言いながら頬を赤くしてキヨミンを眺めていた。

それ、一筋じゃなくて三筋じゃないかな？

「それでアヤノ。結局パーティメンバーは集まらなかったのかい？」

「残念ながら、女の子で強い子が見つからなくて。男は次々に声をかけてくるんだけどね」

そう言うと、さっきまで黙って話を聞いていた、私の嫁であるホムラちゃんがくいっくいと私の袖を引っ張って口を開く。

「ううう、アヤノ。ああいう人たちに声はかけないで。ホムラ、怖かった。嫌い」

「ごめんね、怖かったよね。もう、（マッゴウ以外の）男は近づけさせないから」

私とホムラちゃんは超絶美少女だ。

変身の首飾りで人間に化けてから、拉致って売ろうなんて人たちはいなくなった。

でも、その代わり下心丸出しな人たちから次々に声をかけられるようになっている。

私はパーティに入れるのは女の子って決めていたけど、女の子で強い子がいなくて、逆に男は向こうから次々とやってくる。有能でまともそうなのもいたんだ。

百合(ゆり)の間に挟まる男は死ねって思っている私も、時間がなくて追い詰められて、うっかり試してみたんだよね。

でも、まともそうな人もすぐにおかしくなって、ひどいことしようとしてきて、結局、返り討ちにしてパーティを追い出しちゃった。

そういうのが続いて、男は絶対無理だって改めて気づいた。

「うーん、君たちが可愛すぎるせいだと思うよ。男なら平静じゃいられないね」

「ホムラちゃんは世界一可愛いからね」

「アヤノもさ。君も同じぐらい魅力的なんだ。妹たちよ、そんな目をしないでくれ。君たちが僕の最愛さ」

キヨミンが美少女三姉妹を宥めてる。

大変そうだなー。

美少女な妹が三人もいて羨ましいと思ったけどめんどくさそう。羨む気持ちが消えていく。ハーレムってリアルでやるとすっごく大変だよね。

私はマッゴウのほうを向く。

「それからマッゴウ。明日の第一の災厄、約束どおりパーティに入ってもらうからね。私の指示に従うこと」

ここでトラウマを抉りまくってくれたマッゴウへの借りを返してもらう。

それがMVPを狙う最適解。

「アヤノンが声優復帰できるように。俺、がんばるぜ！」

「ありがと。前から気になってたけどマッゴウのヒロインってどんな子？　見たことないけど。パーティには入れないの？」

キヨミンも私もヒロインとパーティを組んで共に行動している。

だけど、マッゴウはそういう気配がない。その割に女神から与えられた絆イベントをクリアしたと言っていた。

……そして先ほど難易度Bと聞いた以上、無視できなくなった。

「うちの屋敷にいるメイドだよ。優しくていい子で可愛くて、魔物と戦うなんて考えられない感じなんだ。俺はあの子を戦わせたくない」

そう言われて、ちょっとだけ驚いた。

私はホムラちゃんと出会ったときから、仲間、言い換えれば戦いの駒として見ていた。

でも、マッゴウは出会ったヒロインを普通の女の子として見ている。

……異常なのは私やキヨミンなんだろうね。

マッゴウのほうがまともだ。

「無理強い(むりじ)はしないよ。マッゴウは優しいんだね。そのメイドさん、大事にしてあげて」

そうは言いつつ、本音を言えばマッゴウのメイドさんには戦力になってもらいたい。

そのメイドには何かある。

マッゴウの種族はただの人間。特殊職業も固有スキルもない。金持ちと言っても小金持ち程度。たいしたアドバンテージにはならない。

なのに、人生難易度はBと言った。マッゴウの種族が普通な以上、ヒロイン側に有益で特別な何かがないと難易度Bにはならない。

……それに心当たりもある。ファンブックのボツ設定の職業にメイドがあった。ボツにしただけあってバランス調整がいろいろと雑で、そのままならやばいことになる。

ただ、私にはマッゴウにヒロインを戦わせろと命令する権利はないし、そんなことを言いたくもない。それを決めるのはマッゴウだ。

「わりいな。アヤノンのことは好きだけどファンとしてだ。もし、アヤノンに頼まれたとしても愛する人を戦場には連れてこれない」

「素敵だね。ちょっと、マッゴウのこと見直したよ」

こっちに来てからマッゴウの評価は下がりまくりで頼れる戦友ポジとして見れなくなりかけてた。でも、またそういう見方ができそう。

「だから、キヨミン。あの子を戦わせるのは勘弁してくれ。うちの商会を助けてくれたのは感謝してる。でも、あの子を巻き込むのは違うだろ。あの子の分も俺が戦うから」

キヨミンはにこやかに笑っている。

こわっ。

えっと、たしかマッゴウはこの世界じゃ商会の息子。で、今の会話から、その商会はキヨミンというか、レイキャット王国に大きな借りがあるって読める。

それで、マッゴウのヒロインを戦わせろとも言ったんだろうな。

「ひどいな。それじゃ僕が脅したみたいじゃないか。メイドを戦力にしたほうがいいって前に言ったけど、それははただのアドバイス。それに君の商会を助けたのは善意だよ」

私は付き合いが長いからわかる。

今のは嘘じゃない。ただ、キヨミンはあえて脅しとも取れるような言い方をしたし、マッゴウの義理堅さにつけこもうともしている。

ストレートに脅さないのはいざというときに言い訳できるようにだ。

キヨミンは言葉を続ける。

「ごほんっ、じゃあ、明日に迫った第一の災厄に向けて、改めて協定を結ぼう。僕は妹たちと四人でパーティを作る」

「私はホムラちゃんとマッゴウと三人だね。あと一人ほしかったけど、ごめん。無理だった」

これは大誤算。

現地人をパーティに加えるようにって私が言い出したのに失敗した。

今回は間に合わなかったけど、第二の災厄までになんとかパーティメンバーを揃えないと。

「僕のパーティとアヤノのパーティは協調する。でも、最後の最後はお互いにMVP狙いで相手を出し抜く。ただし、足を引っ張るようなことはしない。これでいいかい？」

「うん、どっちがMVPとっても恨みっこなしで」

「僕ら以外が持っていくかもよ」

「私とキヨミンが組んで、他のプレイヤーがMVPをかっさらうってありえるかな？　サブリーダー」

「ありえないね。ギルドマスター」

がっちりと握手。

ちょっとかっこつけたけど、女神から呼ばれたのはトッププレイヤーばかり。

負けることだって考えられる。

私のホムラちゃんは世界一可愛いし、反則的な技を持っているけど、他のプレイヤーたちのヒロイン・ヒーローがそうじゃないとは限らない。というか、絶対に想像もしない力を持っている。

それはゲーム知識では読めない。

出たとこ勝負。

そして私は、こういう勝負で負けたことがない。

運が絡まない勝負なら、絶対の自信がある。

CHARACTER STATUS

キャラ名 ホムラ

種族 [illegible]

職業 シノビ

装備

右手 ✦ 漆黒の忍刀　左手 ✦ 短刀
上半身防具 ✦ [illegible]の巫女服
下半身防具 ✦ [illegible]の巫女服
アクセサリー1 ✦ リストバンド
アクセサリー2 ✦ ブーツ

ステータス（成長補正） Lv.40

ステータス	補正	ステータス	補正
HP	E	MP	E
筋力(STR)	A	耐久(DEF)	F
器用さ(DEX)	S	賢さ(INT)	D
敏捷(AGI)	SS		

種族固有スキル

✦ 四大神霊（炎）の[illegible]　炎の無効耐性・スキル威力・消費魔力軽減ボーナス
✦ [illegible]　悲劇の運命を乗り越えることで解放
✦ [illegible]　特定条件にて解放

ENISIスキル

✦ 精霊召喚（イフリート）　炎の精霊イフリートを呼び出し使役する

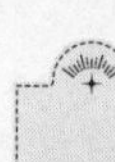

第十七話✦三人の英雄と少女の勇気

グランドキャンペーン。その第一の災厄のイベントが起こる日。

レイキャット南の荒野にプレイヤーとその仲間たちが集結していた。

雑談が聞こえてくる。

なんでも……。

「【五英雄】全員、こっちの世界に来ているらしいぜ。こっちでも緋炎の竜殺剣（ジークフリート・ハート）がギルドを作ったとか」

「まじか、俺は絶対正義執行者（イモータル・エンフォーサー）とはやり合いたくないな」

「いや、俺は宵闇の暗殺者（レジェンド・アサシン）のほうが嫌だわ」

へえ、【五英雄】全員こっちに来てたんだ。

やっぱ、公式に二つ名付けられると注目を集めるよね。

と、遠い目をする。

だって、やっぱり私の二つ名恥ずかしすぎるし。しかも、その原因が自分の黒歴史ロールプレイのキャラ付けのせいだから軽く死にたくなる。

そんなふうに現実逃避しつつ、あたりを見渡すが人数が多すぎる。想定していたよりずっと。想定以上にみんな現地人の勧誘をがんばったのかな？

いや、違う。

よくよく観察すると、ここにいるのはプレイヤーとその仲間だけではない。

レイキャット王国軍が城を守るために陣形を整えていた。

その元凶らしき人に聞いてみることにする。

「レイキャット王国軍がいるけど、あれ、ありなの？」

「僕は王子なのさ。自分の国と民を守るように指示を出すのは当然だろう？」

「なんていうか、もうなんでもありだよね」

第一の災厄は攻城戦であり、防衛戦。

防衛を現地人に任せられるのはありがたい。

「ホムラちゃん、準備はいい？」

「ばっちし。ホムラは強い」

転職イベントでもらった黒い忍刀と女神の店で買った短刀。その両方を腰にぶら下げていた。ホムラちゃんは回避を最優先にしながら同時に二刀流スキルもとっている。

「うん、一緒にがんばろ。っていうか、マッゴウ、よくそれだけの装備を集められたね」

マッゴウは種族は人間。職業は戦士。

壁役ではなく、防御力の高い重アタッカーというビルド。

そして、今のレベルキャップ四十時点では最高峰の装備を揃えていた。

特筆すべきは、第一の災厄であればものすごく有利になる闇耐性装飾品を所持していること。これ、現時点じゃ入手不可のはずなのに。

「ああ、それか。レイキャット城の宝物庫にあるのをキヨミンに借りたんだ」

……うん、マッゴウのキヨミンへの借りがすごいことになってそうだ。

今は言わないけど、第一の災厄が終わったら、キヨミンに借りを作るのがどれだけ怖いのかちゃんと話してあげよう。

「それでいいの？　重装備ビルドは装備妥協できないし、こっちの世界じゃ厳しいよね？」

「将来的に装備で困ることはわかってるんだが、俺は器用じゃねえ。ゲームのときからアヤノンみたいにいろんなキャラでプレイとか無理だった。重装備一筋の盾バカよ」

「わかってやっているなら止めない。マッゴウなら、腕で補えるかもね」

「おうよ。やってみせるさ」

マッゴウの実力は認めている。

それに重装備ビルドは将来的には困るかもしれないが、レイキャット王国から装備を借りたことで、現時点ではプレイヤースキルもステータスも装備も最上級。

この戦場全体で最強の一人。

「アヤノ、マッゴウ、盛り上がっているところ悪いけど。第一の災厄、その主役は僕と妹たちさっ。おいで、愛しの妹姫たち」

豪華な王族専用馬車がこちらまで来て、次々に姫たちが下りてくる。

私は姫たちの装いを見て驚いて口を開く。

「へえ、あのひらひらしたドレスじゃないんだ」

ゲームのときは、どんな絶望的な戦場だろうとお姫様たちは性能的にかなり終わっている装備だった。なのに今日は申し分ない装備をしている。

私の言葉を聞いて、三人の姫がそれぞれ口を開く。

「あんなちゃらちゃらしたドレスで戦えるわけがないわ。キヨミン兄さんの足を引っ張るわけにはいかないもの」

魔法金属製の鎧に、魔石が埋め込まれた盾。

騎士の長女。役割は前衛盾。

「僕らは、本気で勝つつもりだよ。キヨミン兄と僕らが世界を救う。エルフの出る幕はないよ」

大胆にスリットが入ったシスター服に無骨な篭手。

モンクの次女。役割は前衛火力兼回復役。私が選んだ僧侶と比較すると、モンクは補助スキルのラインナップが貧弱になった分、近接攻撃スキルを使える。

「キヨミンお兄様が選んでくれた装備です。私たちは負けません！」

魔力糸のローブを纏って両手杖を抱えている魔法使いの三女。後衛魔法火力役。

「どうだい？　いいパーティだろう」

そして、キヨミンはイベントキャラ専用職だったプリンス。

イベントキャラ専用だけあって性能は頭一つ抜けている。

言うならば、万能型。かつ、反則クラスの補助スキルを持っている。

なかなか、いいバランスのパーティだ。

前衛壁の長女、前衛火力兼回復役の次女、後衛魔法火力役の三女。万能かつ補助役のキヨミン。理想的なバランス。

「たしかにいいパーティーだね、でもうちのホムラちゃんは最強で可愛いし、ついでにマッゴウもいるから負けてないよ！」

そう言うと、ふんっとホムラちゃんは鼻息を荒くして、ドヤ顔をした。マッゴウはついでかよとたそがれていた。

「それは楽しみだ」

「マッゴウが装備を借りたって言ったときから予想してたけど、王族の権力を悪用しすぎじゃない？　妹姫たちの装備、レイキャット王国関連クエストの報酬品に見えるけど。ずっるいよね、本当だったら今の時点じゃ受けられないクエストの報酬だし」

「宝物庫にあったから、有効活用さ」

「王族スタートのメリットすごすぎだよ」

正直言ってめちゃくちゃ羨ましい。

まあ、うちのホムラちゃんの可愛さはすべてを凌駕するけど。

「ふざけるのはここまでか。来たようだよ」

「そうだね。うん、ゲームと同じ。でも、ゲームとは比べ物にならない迫力だね」

それは空から落ちて来た。

巨大な黒い円錐、でもその大きさがふざけてる。

十キロは離れているというのに禍々しさが感じ取れる。

「東京タワーぐらいあるね」

「いや、それより大きいよ」

そんなふざけたものが空の彼方から落ちてきて、大地に突き刺さった。その衝撃で地面が揺れる。まるで地震だ。

揺れが収まると、今度は地響きが始まる。黒い円錐に無数の入り口が開き、全身真っ黒ののっぺらぼうな人形が次々に吐き出されていく。

それは剣を持ったり、弓を持ったり、槍を持ったり、斧を持ったりしていた。

ゲーム通りなら、適正レベル三十。名前は滅びの尖兵。

ステータスはみんな同じで、通常攻撃しか使わないが持っている武器によって、間合い、速度、威力が変わってめんどくさい。

そして、一際大きな穴からは見上げるような巨人が現れる。

適正レベル四十、滅びの巨人。適正レベルだけならプレイヤー側のレベルキャップと同じだ。問題は、滅びの巨人はボス属性であること。同じ適正レベルでも、一般魔物とボスでは強さの桁が違う。

【システムメッセージ：グランドキャンペーン　第一の災厄、異界からの侵略者、黒い軍団の襲撃が開始されます。

勝利条件：三十分以内に黒い軍団の生産拠点である黒い塔の破壊

敗北条件：1．三十分以内に黒い塔を破壊できなかった場合　2．レイキャット城下町へ百体以上の敵が侵入した場合

失敗時にはレイキャットが黒い塔に飲み込まれ、侵略者の拠点となります

補足：このイベントにはＭＶＰが存在し、特別報酬が渡されます】

これは攻城戦であり、防衛戦。

無限に生産され続ける黒い軍団を倒しながら、あの黒い塔へたどり着き、破壊する。

奴らをすべて相手にしていては、いつまで経っても黒い塔にたどり着けない。

だが、無視しすぎれば黒い軍団はレイキャット城下町に侵入し破壊の限りを尽くす。

百体の侵入というのは、百体も入れば街を壊滅させて住民を皆殺しにできるってことを意味する。

でも、今回はキヨミンのおかげでレイキャット王国軍が防衛をしてくれる。

だから、私たちは攻撃に専念できる。

「王国軍が守ってくれるから、攻めだけを考えられる。この人数だと、攻めと守りは両立できないし。キヨミン、本当にファインプレー」

「これが王族の権力さ。プレイヤーとその仲間を合わせても二百いくかいかないかだしね。動いてよかったよ」

千人以上を前提にしてるグランドキャンペーンで二百人前後。かなり、厳しい。

ゲーム時代に千人以上で挑んだときだって苦労した。

でも、キヨミンのおかげで絶望はしない。

防御は捨てて攻撃にすべてをかけられる。

それに、ゲームのときはなかったブレイヴシステムがある。

数は少なくても、参加者の強さはゲーム時代より上。

「この人数、攻撃全振りで速攻黒い塔を潰す以外勝ち筋ないね」

「ああ、行こうかアヤノ。僕らで勝つよ」

イベント参加者は黒い軍団に向かって突進している。

早いところでは戦闘も始まっていた。

さあ、私たちも行こう。誰よりも早く黒い塔にたどり着き、ＭＶＰをいただくとしよう。

黒い塔までは十キロほど、こっち基準の身体能力でも移動だけで二十分ほどかかる。

「さあ、王族専用馬車に乗りたまえ。マッゴウは御者を頼むよ」

「任せてくれ。運転なら俺だ」

ありがたく王族の特権に相乗りさせてもらう。

キヨミンが使ったのは王族専用アイテムの豪華な馬車。なんとオープンカーだ。

騎士系職業は乗馬が可能で移動速度が跳ね上がる。今日のグランドキャンペーンでも使っているプレイヤーは多い。

でも、一人だけ移動速度が上がったところでパーティの足並みが乱れるだけ。

その常識を馬車は覆す。王族専用の馬車は荷台付きで十人まで運べる。つまり、二つのパーティを運べるってことだ。

乗馬と違い、パーティ全員の移動速度が上がる。

「この馬車って、量産して他に売れないかな？　全プレイヤーが欲しがると思うよ」

「いろいろと試してるけど、増やせないんだよ」

それは残念。

マッゴウが御者になったのは馬の耐久力と速度は御者の性能と比例するからだろう。

「じゃあ、いくぜ」

マッゴウが馬車を走らせる。

パーティ全体が馬の速さを手に入れた。次々に他の参加者を追い抜いていく。

「恩恵を受けていてなんだけど、これってズルだよね」

「ふっ、僕らみたいにこっちの世界に来るとき工夫しなかったほうが悪い」

「でも、工夫をしているのは私たちだけじゃないみたい。ほら、空を見て。この馬車以上のチートを得たプレイヤーがいるよ」

私が空を指さす。

キヨミンだけじゃなく、馬車にいる全員が空を見上げた。

一番最初に声をあげたのはホムラちゃんだ。

「竜に乗ってる！　かっこいい。ホムラも乗りたい！」

翼竜に乗っているプレイヤーがいた。しかも、竜を操っているプレイヤーに抱きつく形でもう一人乗っている。移動速度は馬以上、しかも地上の敵すべてを無視できる。あれ、今回のイベントで最強すぎないかな？

だって、ブレイヴシステムの火力なら二人いれば塔を壊せちゃうし。

弓を装備している黒い軍団が狙っているが、高度がありすぎて全然届かない。

あれを見て確信する。私やキヨミンだけが特別なわけじゃない、こっちに呼ばれたプレイヤーは何かしらみんな特別。

キヨミンは感心して口を開く。

「竜に乗れるなんてゲームになかったね。もしかして、あの竜がヒロインだったりして。竜に変身できる種族がいたよね」

「私、やり込み尽くしたつもりだったけど、知らないことって多いね……って、黒い塔にあんな技あったの⁉」

完全に先を越されたと思っていたのだが、黒い塔から紫色のビームが発射された。

翼竜が貫かれ、消えていく。おそらく馬と一緒で耐久値が削りきられれば強制的に道具袋行きになる仕様っぽい。

プレイヤーのほうは地面に墜落、敵のど真ん中。しっかり慣性を殺しての着地をしているあたりはさすが。

黒い軍団に飲み込まれて死んだなと思った瞬間、光り輝き、ブレイヴシステムでゲーム時代の姿を取り戻し無双し始めた。

……でも、あれでは実質リタイアだ。少人数で塔を破壊するには、ブレイヴシステムを塔にたどり着くまで温存しないといけない。

実際、あのプレイヤーは塔に向かっていくのではなく、戦いながら引き返している。

ブレイヴシステムは制限時間が五分。時間切れになったらなぶり殺しにされる。

好都合だ。あんなにも多くの敵を蹴散らしてから、離脱してくれるんだから。

「へえ、黒い塔が追い込まれればビームの薙(な)ぎ払(はら)いで味方もろともプレイヤーを焼き払うのは知ってたよ。でも、対空攻撃もできたなんて驚きだ。プレイヤーのできることが増えた分、相手も変わる。覚えておかないと」

キヨミンの言葉に頷(うなず)く。

ビーム自体は、喰(く)らったことがある。

あのとき、ギルドメンバーの半分が蒸発して笑ったもん。

でも、まさか対空ビームができるなんてびっくりだ。しかも、こんな序盤からビームを使うのも予想外。本来は塔のライフを三割まで削ってから解禁されるものだ。

空に向けて撃つなら黒い軍団を巻き込まない。だから追い込まれなくても使ったのかな？

「アヤノ、一応聞くけど。正面突破と迂回(うかい)ルート、どっちにする？」

「当然、正面突破っ！」

最短経路はただまっすぐ進むだけ。

そこには何体もの黒い巨人が配置されている。適正レベル四十のボスだ。

迂回ルートなら黒い巨人を避けてたどり着けるし、黒の軍団も少ない。その分、距離は三割増しになってしまう。迂回ルートでもクリアできるけど、時間をかければ他のプレイヤーに先を越されてＭＶＰを逃す。

このイベントにおいてプレイヤー同士は協力者であり、競争相手。勝つには正面だ。

「僕も同意見だね。ＭＶＰが欲しいし、敵がゲームになかった、とっておきを出してくるかもしれない。速攻倒すのが一番確実だよ」

「それに見て、迂回路のほうにはやばい連中が進んでるみたいだよ。よくあれだけのプレイヤーを集められたものだね。迂回路に行ったんじゃ、勝てないよ」

十五人ぐらいの集団が迂回路を爆走している。恐ろしいことに十五人全員がプレイヤー。

戦闘要員の三人がブレイヴシステムを初っ端(しょぱな)から使って敵を蹴散らし、あとに続く。

ブレイヴシステムが切れたら即後ろに下がって、次の三人がブレイヴシステムを使うというローテーション戦法。

おそらく最適解の一つ。十五人もプレイヤーを揃えたことも、単純だが有効な戦略を選んだこともすごい。中心にいるのは仮面を着けた猫耳少女。……あっ、たぶん萌猫ギルドの連中だ。あそこならメンバー全員ヒロインがいないのも頷ける。

「へえ、僕が王族の権力を使ったみたいに、いろいろとやったのかな？」

「そう思うよ。じゃないと十五人のプレイヤーなんて集められないもん」

当たり前の話だが、この世界にいるのは全員がトッププレイヤーで、チートで当たり前。いちいち驚いてはいられない。

竜を使ったり、十五人のドリームチームを組んで目立っている奴ら以外も、いろんな策略でもって挑んでいることだろう。そんな人たちに勝つには覚悟を決めて、自分たちが信じる最適解を全力でぶつけるしかない。

「さあ、無駄話は終わり。ホムラちゃん！　みんな！　あと三十秒で敵の前線に突っ込む。気を引き締めて！　行くよ、【バリアベール】！　【フェイスフィールド】！」

私は僧侶の補助魔法を使う。

【バリアベール】は防御力を上げる技、【フェイスフィールド】は攻撃力を上げる技。僧侶を選ぶ理由とまで言われる技。パーティの戦力をあっという間に強化できる。

「ふっ、いい仕事だ。僕も力を使おう。妹姫たち。舞台の幕が上がるよ。【王家の号令】」

そしてキヨミンの、プリンスしか使えないぶっ壊れスキルが発動した。

対象の広さと効果、その両方でぶっ壊れてる。なんと自身と同じフィールドにいる全員が対象で効果は全ステータスアップ。

私たちどころか、競争相手である他のプレイヤーすら強化してしまう。でも、今はありがたい。黒い軍団の総数を少しでも減らしたかったところだ。

「さすがイベントキャラ専用技。範囲が同一フィールド全員っておかしな性能だよね」

「ふっ、しかもバフ枠を潰さない。これが王族のみに許された力さっ」

ふざけてるっ、って言いたくなるほどの性能。

フィールド全域なんてありえない。

バフ枠を潰さないのもいい。本来は同じステータス上昇バフなら後がけ優先。攻撃力30%アップのバフ状態で、攻撃力20%アップのバフをかけると上書きで弱くなる。

なのに、【王家の号令】は他のバフと同時にかけられる。

ゲーム時代には、王子様の登場で、いざ逆転！　って盛り上がるシーンがあった。

そこで強いバフが消されて弱くなったらあまりにも情けないからの特例だろう。

「アヤノ、おしゃべりしてる場合じゃない」

「わかってるよ。【フレイムランス】」

エルフの杖（つえ）から炎の槍（やり）を出す。

妹姫たちは魔法や弓を使い、馬車の中から遠距離攻撃。

遠距離技を持たないホムラちゃんは消費型の攻撃アイテムを使う。

黒い軍団の人形たちを蹴散らす。

それでも数が多すぎて、進路を確保できない。

このままでは囲まれてしまう。

でも、マッゴウなら。

「これだけのスペースがあれば十分だっ！」

黒の軍団のわずかに乱れた陣形の隙間を縫って、突き進む。凄まじい操縦技術。

最高速度のまま、馬車一台ぎりぎり通れるスペースをすり抜けてみせた。

マッゴウでなければ無理だろう。

「相変わらず、やるね。マッゴウ」

「はっ、元レーサーだぞ。反射神経とバランス感覚で俺を上回る人間は見たことがねえ！」

マッゴウは発想力、柔軟さというものが欠けているし、頭もあまりよくない。

それでもなお、グレートボスの幹部であり、トッププレイヤーとして君臨している。

そして、決められたパターンで動く際の精密さと確実さ、学習能力が超一流。そして、超人的な反射神経は人外のそれ。コンマ一秒以下で生き続けたレーサーだからこその能力。

馬車がまるでＦ１マシンに見えてくる手綱さばき。

ルート取りも完璧。ただ敵の間をすり抜けるだけじゃなく、最低限の回避でスピードを落とさずに目的地までたどり着く道筋が見えている。

私たちの仕事は、マッゴウが通れるだけの道を作ること。

マッゴウなら、少しでもスペースがあればいける。

「ちっ、さすがにあれは俺でも躱せないぞ」

「いよいよ、巨人の登場だね」

適正レベル四十。

私たちと同レベル。だけど問題は一般魔物としての適正レベルじゃなくボスとしての適正レベル四十ってこと。つまりめちゃくちゃ強い。

巨大な上に動きが速い、両手を広げられたら馬車が通るスペースなんて存在しない。倒さなければ先に進めず、あんな耐久おばけと戦えば時間切れになってしまう。

というか足止めされている間に黒い人形のほうに囲まれてボコられる。

そもそも、最短ルートは罠であり、進めば死ぬようになっている。迂回ルートが正解。

それでも私たちが正面突破を選んだのは相応の勝算があるからだ。

「マッゴウ、切り札を使って」

「あいよ。さあ、俺の見せ場だ」

私が作った高難易度レイド攻略ギルド、グレートボスでは幹部五人がそれぞれリーダーを務める五つのパーティでレイドに挑む。

マッゴウは三番隊のリーダー。

三番隊の役割は切り込みと盾。

そして、マッゴウはグレートボス最強の盾だった男だ。

「ブレイヴシステム起動。チョイス。マッゴウ」

マッゴウの姿が変化する。

いかつい、髭面（ひげづら）の大男へ。

その鎧（よろい）は伝説金属のブルーメタル。光を吸い込む青。

フルヘルムから覗（のぞ）く眼光（がんこう）は鋭く、剣は持たず右手には同じくブルーメタルの大盾。

それには英雄の証（あかし）たる紋章が描かれていた。

左手には全身青の中で異彩を放つ金の篭手。世界に一つしかない究極の守り。

これが、グレートボス最強の盾の威容。

最強最硬の重装備盾職、パラディン。


「いくぜ、相棒」

馬がいななく。

乗馬する人間のステータスに応じて馬は強化される。最強の盾を乗せたことで馬の筋肉は膨れ上がり、たてがみは輝き、目は爛々（らんらん）とする。さらにマッゴウは馬を強化するスキルも持ち合わせている。

黒の巨人に向かって加速する。

そして、黒の巨人も反応してこちらに向かって走ってくる。

正面衝突、その瞬間だった。

「うおおおおおおお！　【シールドバッシュ】！」

マッゴウがスキルを発動する。それは、防御力を攻撃力に変換しての突進技。

乗馬中に使うことで、馬ごと突進する技に変化する。

黒の巨人がおもちゃのように吹き飛ばされて消滅する。

まるでトラックと猫がぶつかったよう。

最強の防御力が火力に変換されたのだ。最強に決まっている。

「さすがだね、マッゴウ」

「ふっ、君がいてくれてよかったよ」

「はっ、いつも通り、俺は俺の役割を果たす。俺はおまえらを本命に届ける捨て石。真っ先に切り込む一番槍っ！　それこそが俺の誇りだ」

マッゴウの役割はブレイヴシステムを温存した状態の私とキヨミンを塔へ届けること。じゃないと塔を倒すための火力が足りない。

馬車は速度を増して走る。

それも理想的なルートで、敵の隙間を縫って最小限の戦闘で済むように。

マッゴウの圧倒的なスペック及び操縦技術＋パーティ全員を運べる王家の馬車、この組み合わせだからこそ正面突破を選べた。迂回路を選んだ十五人のドリームチームでも無謀だと判断した正面突破を。

だが、五分の制限時間はあまりにも短すぎた。

三体目の巨人を弾き飛ばした瞬間、急に馬車は失速する。

そう、ブレイヴシステムの時間切れ。

ブレイヴシステムが切れてもテクニックだけで、マッゴウは先を目指す。見ていて鳥肌が立った、私には絶対できない超絶テク。

塔まであと五百メートル。

それは短いようで長い。

塔に近づくほど、敵の密度は増す。

たった二つのパーティで五百メートルを進むことは不可能。

マッゴウはがんばってくれたけど、取り囲まれて、ついに馬車は進めなくなった。

がんばって敵を倒しているけど、それよりも増える敵のほうが多い。

もうすぐ、馬車のダメージが限界を超えて、強制的に道具袋に収納されるだろう。

キヨミンが珍しく焦っている。

「アヤノ、ゲームのときより明らかに敵の生産速度が速い。マッゴウのブレイヴシステムでたどり着けないのは想定外だよ。ここで僕か君がブレイヴシステムを使えばたどり着けるけど、どうする？」

キヨミンの言う通り、ブレイヴシステムを使えば囲いを突破できて、塔まで行ける。

でも、私たちの試算だと二人分のブレイヴシステムがないと塔を破壊できない。

「大丈夫だよ。最後の一手がある。言ったでしょ、私のホムラちゃんは世界で一番強くて、可愛いって。ねっ、ホムラちゃんっ！」

想定外が起こることなど想定していた。

だから、ここで隠していた切り札の一枚を切る！

「うん、やっと力が集まった。いける」

ホムラちゃんの全身が金色の炎に包まれる。

ふわふわの髪の毛とキツネ尻尾が、炎によって生じた気流によって浮かび上がる。

手を前に差し出した。

「来て、炎(ほむら)の眷属(けんぞく)にして下僕、【精霊召喚・イフリート】！」

ホムラちゃんの纏う炎が輝きと強さを増し、吹き荒れ、形作り、炎の巨人となる。

「ガアアアアアアアアアアアアアアアアアアアアアアア」

叫びながらホムラちゃんと同じく金色の炎を纏い突進、加速し、金炎のプラズマと化し、進路上のすべてを焼き尽くすイフリート。

そう、あれは私との戦いで最後に見せた切り札。私には紙一重で届かなかった渾身(こんしん)の一撃。

イフリートの最強技、【獄炎の豪進撃(イフリートロード)】。

「あははは、すごいね、君のヒロイン」

「自慢の嫁だよ」

これが、絆(きずな)イベントでホムラちゃんの得た力。

ホムラちゃんの願いによって、いろんな攻撃パターンに変化するけど。一回きりのものすごい炎属性攻撃をすることは変わらない。

私と戦ったときより明らかに強い。

その代わり、一度使うとリキャストが驚きの二十四時間。日付リセットとか甘えはなく、まる一日使用不能になる切り札。

「アヤノン、キヨミン、駆け抜けるぞっ」

マッゴウが馬車を走らせる。

ホムラちゃんが作ってくれた道を突き進む。

でも、あと百メートルってところで馬車が消えた。後ろから飛んできた矢に当たって耐久限界を超えたようだ。

私たちは突然、空に投げ出されるが全員見事に着地を決める。

背後から黒の軍団が追いかけてくる。このままじゃ追いつかれる。

妹姫三人が陣形を組む、マッゴウが盾を構え剣を抜く。ホムラちゃんも短刀を抜いた。

「行って、アヤノ！」

「キヨミン兄さん、私たちが食い止める！」

「ここは俺に任せて先にいけっ！」

私はキヨミンと目を合わせて頷き駆け出した。マッゴウにツッコミを一発いれたいけど
そんな時間すらない。

ここはみんなに任せる。

全員で生き残るためには、速攻で塔を破壊するしかない。

塔にたどり着いた。

黒い巨塔。

なんか、昔見たデジ○ンアドベンチャーのダー○タワーを思い出す。

「キヨミン、わかってるよね。どっちが狙われても恨みっこなし」

「わかっているさ。知ってるかい？　僕は運がいいんだ」

「羨ましいね、それ」

ここまでは仲間が連れてきてくれた。

キヨミンと私たちのパーティ、全員が協力してここまで積み上げてきた。
でも、ここからは競争だ。

「ブレイヴシステム起動。チョイス。スノー・ホワイト」
私は過去の私の中から、スノー・ホワイトを選ぶ。
白銀の雪結晶が煌めくローブを纏う。
頭には精霊石が眩いティアラ。
手には青い宝玉をあしらった巨大な両手杖。
ダイヤのハイヒールを鳴らし、青い瞳が輝き、青銀の髪が靡く。
最上級魔術師、アークウィザードのスノー・ホワイト。

「ブレイブシステム起動。チョイス。ノゾミ・ライト」

キヨミンは男装の麗人へと生まれ変わる。
プラチナの軽鎧を纏い。金色の短髪をかき上げ、気取っているのに嫌味に感じない笑みが決まっている。

女性の美しさを持ったまま、男性のかっこよさを併せ持つ。

盾はなく、細身の剣を抜く。

オリハルコンレイピア。神の金属でできたそれは無骨であるはずなのに、どんな宝石をあしらった剣よりも美しい。

その武器は圧倒的な手数と全職業最強のクリティカル率。

最上位剣士、フェンサーのノゾミ・ライトが降臨する。


キヨミンは女だ。

だが、心は男。そのギャップに苦しみ続けた。ゲームではあえて男性キャラではなく、現実と同じように女で心は男というキャラを演じていた。

キヨミンの願いがすでに叶(かな)ったというのは、男の心にふさわしい男の体を手に入れたことを指す。

だからキヨミンは手に入れた幸せを守るために必死なんだろう。

私たちは、その場で別れて、塔を挟むような配置で攻撃を開始する。

私の氷雪魔法と、キヨミンの銀閃(ぎんせん)が塔を襲う。

前衛と後衛、スタイルは違えど、共に火力を突き詰めたビルド。

無数に湧き出る黒の軍団も、氷雪の範囲魔法に巻き込まれ、キヨミンがスキルの合間に振るう通常攻撃で塔破壊のついでに瞬殺される。

「ここからは運」

この黒い塔は、ＨＰが三割を切れば、塔の頂上から紫のビームを薙ぎ払うように放つ。

その射角は百二十度程度。

つまり、こうやって挟み撃ちにしていれば、どちらかしか攻撃を喰らわない。

レベル四十帯なら一瞬で蒸発する。なにせ、巻き込まれた黒い巨人ですら即死する威力。

ゲームのときは数十人が一撃で蒸発していくのを見て乾いた笑いが漏れた。

私もキヨミンもレベルがカンストした状態とはいえ火力特化職で耐久は高くない。

一発は耐えられるが二発目は無理。

けっこう発射間隔は長いけど、ＨＰを削りきる前に二発目が来るし予備動作を見てから
じゃ帰還石は間に合わない。

だから、予め挟み撃ちをして、撃たれたほうはしばらく攻撃を続けて、二発目を喰らう前に帰還石で逃げることになっていた。

「【永遠の氷雪牢獄】」

私の最大火力魔法が当たった瞬間だった。

一瞬、頂上が紫に光ったと思った。

次の瞬間、視界が紫に染まる。私は光の奔流に飲み込まれて、吹き飛ばされた。

何度かバウンド。ＨＰが冗談のように減っていく。

「ごふっ、レベルカンストでも七割持っていくって、最初のボスじゃないでしょ」

ゲームでは一発でみんな蒸発したせいで威力を正しく推定できなかったが想像以上。

私はしばらく攻撃を続ける。

そろそろやばい。二発目がいつ来てもおかしくない。

十分削った。あとはキヨミン一人でもどうにかなる。というか、迂回路を選んだ十五人のドリームチームがもうそこまで来てるし。

第一のグランドキャンペーンのクリア自体は確定。世界は救われる。

帰還石で戻るべきだ。

このタイミングで戻ったら、ＭＶＰはキヨミンのものだけどしょうがない。

命は大事にしなきゃ。

ホムラちゃんを未亡人にしちゃだめだしね。

さて、帰ろう。

そう思った瞬間だった。

ひどい頭痛がした。そして熱病にかかったかのように頭がぼうっとする。

ちかちかちか、視界まで赤くなっていく感覚。

何を言っているんだ、ここで逃げちゃだめだ。

だって、私は纏ǽだから。

気がつけば、私は賭けに出ていた。

「【降り注ぐ雷雨（サンダーストーム）】」

そうだ、何を弱気になっているんだ！

黒い塔を壊すまでに放たれる紫ビームはせいぜいあと一発。

次は私じゃなくてキヨミンを狙うかもしれない。

うまく行けば、次が来る前に削りきれるかもしれない。

勝算の高い賭けなのに逃げるなんてどうかしてる。

背中に冷たい汗が吹き出る。

ああ、命をかけてる。

今までも命をかけていた。でも、ミスをしたら死ぬというもので、言い換えればミスさえしなければ安全だった。

でも、今は違う。

運任せ、ただ祈るだけのギャンブル。

ちかちかちかちか。

懐かしいな、こういうの。

死の一歩手前にいる。

最高に生きてるって感じがする。

塔のＨＰは二％を切った。私は最高火力の【永遠の氷雪牢獄(コキュートス)】を詠唱中。

これが発動すれば削りきれる。

しかもラストアタックボーナスでＭＶＰが確定。

この賭けは私の勝ち。二発目を打たせないっていう最高の勝ち方だ。

そう思った瞬間だった。

『そう言えば、私って運が悪いんだった』

塔のてっぺんが紫に光った。

そして、強烈な殺意が肌に刺さる。

二発目もキヨミンじゃなくて私がターゲット。

もうすぐ、このあたり一帯を紫の光が蹂躙(じゅうりん)するだろう。

回避は不可能。

アークウィザードに防御スキルはない。

今のＨＰじゃ耐えられない。

あっ、死んだ。

ちかちかしていたのが嘘(うそ)のようになくなった。
するとさっきまでの頭痛と熱さまで急に消える。
なんでだ、なんで、私はこんなバカなことをした？
私はこんな無謀な運頼みの賭けなんてするようなタイプか？
どうして？
まるで、何かに強制されていたかのような……。
そんなふうに散らかった思考を吹き飛ばすかのように紫の光が私を……
「アヤノっ！」
ホムラちゃんの声がした。
目の前でホムラちゃんが後ろから私を追い越して前に出る。
その瞬間、ホムラちゃんが紫の光に包まれる。
ホムラちゃんの姿は消えて木の人形が現れ、紫の光を受け続け壁になってくれた。
【変わり身】⁉
でも、ホムラちゃんの名を呼びたかった。
そうしたら詠唱が止まる。
私は最後まで詠唱をやりきる。

「【永遠の氷雪牢獄】」


渾身の氷雪が塔を飲み込んで、凍りつかせる。

巨大な塔が根元から天辺まで凍りついた。

やがて、氷に覆われた塔はひび割れていく。

氷とともに塔が粉々に砕け散る。

砕け散った破片が青い粒子となり、戦場に降り注ぐ。

そして、この戦場を埋め尽くしていた黒い人形と黒い巨人が消えていった。

「はぁ、はぁ、はぁ」

私は膝をつく。息が荒い、動悸がすごい。

ブレイヴシステムの時間切れで、白雪姫からハイエルフのアヤノに戻る。

【システムメッセージ：ぱんぱかぱーん！　みんなのアイドル女神ちゃんですっ！　第一の災厄、無事クリアですっ。今、貢献ポイントを計算中。出ました、今回のＭＶＰはアヤノ！　ぱちぱちぱち。おめでとう。参加者全員にクリア報酬の配布を開始しますね！　ＭＶＰ報酬はのちほどなのでお楽しみに！】

女神の言葉が終わった。

ＭＶＰをとれたことより、もっと気になることがあった。

息をなんとか整え、立ち上がりホムラちゃんの肩に手を乗せる。

「ホムラちゃん、どうして来たの⁉　危ないから来ちゃだめって言ったよね⁉」

ホムラちゃんたちはできるだけ足止めをして、やばくなったら帰還石を使うはずだった。

たぶんだけど、みんなが帰還石を使うタイミングでこっそり自分だけ残って、走ってきたのだろう。

ホムラちゃんはどこか変だった。

すごく息が荒くて、心臓を押さえている。さっきの私よりひどい。

「大丈夫⁉　ダメージでも受けたの？」

「怖くて変な感じなだけ、死ぬかと思った。ほんとに怖かった」

「なのに、なんで」

私がそう聞くと、ホムラちゃんはようやく落ち着いて、それから私をにらむ。

「アヤノが死ぬのはもっと怖いっ、アヤノはばかっ。死んでたっ」

涙を目に溜めながら怒られる。

私、いつもホムラちゃんを泣かせてばかりだ。

「うっ……ごめん、なんていうか、ちょっと熱くなっちゃってね」

自分でも理由がわからないから、言い訳ができない。

いや、ほんとなんでだろうね。

普段の私なら絶対にしない選択。あのときの私は変だった。

まるで何かに取り憑かれていたみたいだ。

「やっぱり、アヤノにはホムラがついてないとだめ。一人にしたら死ぬ」

そう言って、ぎゅっと私の服の裾をつまんで涙目上目遣い。

かわいい、抱きしめて、もふもふしたい。でも、今はさすがに罪悪感が優る。

「とりあえず、帰ろうか」

「うん、帰る。でも、腰が抜けた……おんぶして」

私は微笑んで、ホムラちゃんをおんぶした。

ホムラちゃんが体を預けてくる。

それから泣き顔が恥ずかしいのか、私の服にすごい勢いで顔を擦り付けて涙を拭いてる。

可愛いなぁ。

私のヒロインがホムラちゃんで良かった。

やっぱりホムラちゃんは世界で一番強くて可愛いヒロインだ。

エピローグ✦それでも私の願いは変わらない

レイキャットの城下町に戻る。

すると兵士たちに連行された。というか、お城に招かれた。

「ホムラちゃん、もう歩けるでしょ？」

「アヤノへの罰。アヤノは反省が必要。アヤノはすぐ死にたがる」

そういうわけじゃないんだけど。

むしろ生きたがりだし。

ホムラちゃんはおぶられたまま動こうとしない。ぎゅーってくっついて離れない。

そして、これは罰じゃなくてご褒美。ホムラちゃんをおんぶする幸せプライスレス。

「重いよーしんどいよー辛いよー」

「もっと反省して」

私の演技に騙されたホムラちゃんが満足げに脱力して少しでも体重をかけようとしてる。

ああ、密着感が増して幸せ。

◇

王城の中庭にある東屋（あずまや）でお茶会。

祝勝会をやるらしい。

王子らしくキヨミンが短いスピーチをして宴（うたげ）が始まる。

「ヒヤヒヤしたけど無事勝てたね。まあ、これも僕のおかげかな」

ドヤ顔をする美形王子様に、三人の妹姫たちが合いの手を入れる。

「さすがです。お兄様！」

「なかなかやれることじゃないよ」

「すごいわ。さすがは私の兄さん」

このセリフ、わざとかな？

女の子でこれだけの教養がある子、現実世界ですらいないんだけど。

私はとりあえずスルーして、口を開く。

「まあ、たしかに一番貢献したのはキヨミンだね。ＭＶＰは私だけど」

「それについてだけどさ。僕はさ、アヤノのこと親友だと思っているんだ」

「知っているよ。私もキヨミンのこと親友だって思ってるもん」

「うん、じゃあ、今からすることを許してね」

そしてキヨミンは私に平手打ちをした。

パーンッといい音がなって頬がじんじんする。

「あんまり、バカなことをしないでよ。MVPは魅力的だけど命をかけることじゃないでしょ。アヤノがいなくなったら悲しいじゃないっ！」

キヨミンは感情的になるとたまに女言葉が飛び出す。

涙が滲んでる。

心は男なのに、こうなっちゃうのは自分でも不思議なんだって昔笑いながら言ってた。

「ごめん、キヨミン」

心の底から心配してくれているのがわかる。

炎上かましたとき、みんな離れていく中でキヨミンだけが友達でいてくれた。

「はい、お説教は終了。そっちのカワイコちゃんも泣かせたみたいだし、もうしないって信じるよ」

そう言って指を鳴らすと、とびっきりのお茶とケーキが運ばれてきた。

ホムラちゃんが目をきらきらとさせてさっそく頬張る。

ホムラちゃんはお肉が大好きでその次に甘いものが好きだ。

「美味しいっ、でもアヤノが作ったお菓子のほうが美味しい」

そうするとお姫様のうち、末っ子が興味を持ったよう。

「うちの宮廷料理人が作ったケーキよりも美味しいのですか？　食べてみたいです」

「アヤノ作ってあげて。アヤノのケーキは世界一。アヤノのパンケーキのほうがふわふわ」

「あはは、えっと、その、機会があったらね」

「僕もぜひアヤノのケーキを食べたいな」

ハードル上げすぎぃ⁉　このケーキすごく美味しいのに。

末っ子お姫様、ものすごく期待してる⁉

あっ、でも牛乳はドロップアイテムだよね、レベルが高いモンスターがドロップする牛乳（上）が手に入ったら素材の差で勝てるかも。

女の子同士のふわふわ会話で盛り上がっていると、さっきからほとんど話してなかったマッゴウが口を開いた。

「二人とも、喜んでる場合じゃねえだろ。なあ、俺たち本当に世界を救えるのか⁉」

……それ言っちゃうのか。

私もキヨミンも気づいてたこと。

お祝いの場だから、とりあえず横に置いておきたかった現実。

でもマッゴウはそれを口にしてしまう。

さすがは空気が読めない男。

「俺はここまで苦労するなんて思わなかったんだ。だって、ゲームのときは一つ目のイベントなんて楽勝だったじゃねえかっ！　ここからどんどん難しくなるんだぜ？　ブレイヴシステムだって今はすごいけど、レベルが上がるほど意味がなくなる。それに、俺らはゲームのときですら二回も失敗して二つ街を滅ぼしてる！　こっちだとそれで人が死ぬんだぞ！」

そう、ゲームでは一つ目のイベントは楽勝だった。

なのに今回は死力を尽くしてそれでもぎりぎり。

プレイヤーの数は減ることはあっても増えることはない。

もし、今後ゲームですら失敗したイベントに挑むことになったら？

「うーん、まあ。失敗した二つのイベントも、実力不足ってわけじゃなくて、ミスリードにみんながハマった感じだったよね。もうネタは割れてる。次はうまくやれるよ」

自分でも白々しいなって思う。

嘘じゃない。

でも、ハメられて騙されて全滅して、そのイベントに用意された真のボスと私たちは戦えすらしなかった。真のボスについてなんの情報も持っていない。

次はハメられはしないけど、レイドボスに真正面から初見で挑むっていう、地獄みたいな状況になる。

このゲームの基本は死に覚えで、ボスのギミックを理解し対策してようやく勝てるバランス。ゲームのときもグランドキャンペーンは一発勝負だったけど、何十人も死ぬ前提で特攻させて、情報を得て対策をした後続のエース部隊が挑んで勝利をつかんだ。

こっちで数十人が死ぬ前提の特攻なんてできはしない。

そうでなくても、もとから致命的なまでに頭数が足りないのだから。

「そっか、アヤノンの言う通りだ。次はうまくやれるな」

マッゴウ、その考えなしで無駄に明るいところは君の美点だね。今回は君が中途半端に頭を回転させるから、変な空気になっちゃったけど。

キヨミンがぽんっとわざとらしく手を叩いて注目を集める。

「とにかく、アヤノ。MVPおめでとう」

「あっ、俺からも。アヤノン、おめでとう」

「うん、ありがと。これ、欲しかったんだ」

そう言って、私はMVP報酬で手に入れたアイテムを取り出して二人に見せた。

【八宝剣】の一つ。別に剣じゃないけど八つのグランドキャンペーンのMVP報酬はそう呼ばれており、すべてが一点もの。

ゲームのときは手に入らなかったそれが、私の手の中で輝いていた。

第一の聖剣、【紫聖石の首飾り】。

一つ目なのに、いきなり剣じゃなくて首飾りなあたりがひねくれてる。非常に強力でユニークな効果を持つ装飾品だ。

◇

キヨミンがレイキャット城下町の宿を手配してくれたおかげで野宿生活から解放された。

コネがないと入れないほど人気な宿。

持つべきものは権力者の友達だ。

「もふもふ、アヤノとお揃い、もふもふパジャマー」

ホムラちゃんは尻尾を揺らしながらお着替え。

イフリートのせいで燃えたパジャマだけど、新しいものを作ってあった。

そのときに私のも新調してある。

だって、ホムラちゃんがお揃いじゃなきゃやだって言うから。

「今日は疲れたから早く寝ようか」

「うん、そうする」

ベッドに入るとぴたっとくっついてくる。

こんなの初めてかも。抱きまくらになった気分だ。

「ねえ、ホムラちゃん。まだ、昔のこと思い出せない？」

「うん、だめ。でも、別にいい」

「思い出したくないの？」

「幸せだから。アヤノと会ったとき、好き、ついていきたいって思った。でも、なんかそうじゃなきゃって感じだった」

私のヒロインとして用意されたから、好きという気持ちを刷り込まれたんだろうな。

「でもね、好きが本当になった。アヤノが優しくて、素敵だから、私はアヤノが好き。ずっと一緒にいたい」

そして、ぎゅっとしてくる。

この気持ちは作られたものじゃなくて、ホムラちゃんが育てたものだ。

私はそう信じてる。

演技で生きてきた人間だから、そういうのはわかる。

「ずっと一緒だよ♪」

「んっ！」

ぎゅーが強くなる。

しばらくしたらホムラちゃんが眠りについた。

寝顔が天使みたいに可愛いな。

幸せだなー。

ずっとこうしていたいなー。

その想いは本当。

でも、それでも。

「私の願いは変わらない」

過去に戻って、私の過ちを消して、あの輝かしい舞台に戻る。

私はそう決めているし、そのためにこの世界を救っていく。

願いが叶う可能性を少しでも上げるために、常に誰よりも活躍し続ける。そう覚悟を決めていた。

でも、少し怖い。

ホムラちゃんとの別れが来ることが、これからもっとホムラちゃんを好きになって私の願いが変わってしまうことが。

もし、神様なんて存在がいて、誰かを楽しませるためにこの世界を創ったのなら、私のこの葛藤は世界を面白くするためのスパイスなんだろう。

「だとしたら、そんな神様はクソ以下だ」

私はそう吐き捨てていた。

そして、腕の中で静かに寝息を立てるホムラちゃんの頭を撫でる。

どうか、この世界を救えますように。
どうか、私の願いが叶いますように。
どうか、この子とずっと一緒にいられますように。
そんな矛盾だらけの祈りをした。だってそれが紛(まぎ)れもなく本音だから。
そして、私はゆっくりと目を閉じる。

システムメッセージ：現状報告
ヴァルハラオンライン　稼働中
第一フェイズ完了、第二フェイズに移行
残存プレイヤー　143 人
※白兎(しろうさぎ) 7 人を含む
死亡者　61 人
暫定主人公　13 人

あとがき

『捨てられエルフさんは世界で一番強くて可愛(かわ)い！』を読んでいただき、ありがとうございました。原作の『月夜(つきよ)　涙(るい)』です。

この物語は、炎上して干されたアイドル声優のアヤノちゃんが主人公。ゲームをしていると「このゲームは実在する異世界、世界を救えば願いを叶(かな)える」と言われ、声優に戻るため転生し、世界を救うことを選ぶことから始まります。

ハイエルフになったアヤノちゃんが明るく楽しく大暴れするのをぜひ楽しんでください！

そして、もし楽しんでもらえたなら、ばんばん布教して広めてください！　作品を大きくするためにも、声をあげてもらえるとすごく嬉(うれ)しいです！

謝辞

イラストレーターのにじまあるく様！　TCGのイラストが大好きで普通にファンです！

担当編集の鈴木(すずき)様、本当にレスポンス早くて助かってます！

角川スニーカー文庫編集部と関係者の皆様。デザインを担当して頂いたムシカゴグラフィクス様、ここまで読んでくださった読者様にたくさんの感謝を！　ありがとうございました。

捨てられエルフさんは世界で一番強くて可愛い！

著　月夜 涙

角川スニーカー文庫　24150

2024年６月１日　初版発行

発行者　山下直久

発　行　株式会社KADOKAWA
〒102-8177 東京都千代田区富士見2-13-3
電話　0570-002-301（ナビダイヤル）

印刷所　株式会社暁印刷

製本所　本間製本株式会社

◇◇◇

Printed in Japan　ISBN 978-4-04-114915-7　C0193

★ご意見、ご感想をお送りください★
〒102-8177 東京都千代田区富士見 2-13-3
株式会社KADOKAWA　角川スニーカー文庫編集部気付
「月夜 涙」先生「にじまあるく」先生

角川文庫発刊に際して

角川源義

第二次世界大戦の敗北は、軍事力の敗北であった以上に、私たちの若い文化力の敗退であった。私たちの文化が戦争に対して如何に無力であり、単なるあだ花に過ぎなかったかを、私たちは身を以て体験し痛感した。西洋近代文化の摂取にとって、明治以後八十年の歳月は決して短かすぎたとは言えない。にもかかわらず、近代文化の伝統を確立し、自由な批判と柔軟な良識に富む文化層として自らを形成することに私たちは失敗して来た。そしてこれは、各層への文化の普及滲透を任務とする出版人の責任でもあった。

一九四五年以来、私たちは再び振出しに戻り、第一歩から踏み出すことを余儀なくされた。これは大きな不幸ではあるが、反面、これまでの混沌・未熟・歪曲の中にあった我が国の文化に秩序と確たる基礎を齎らすためには絶好の機会でもある。角川書店は、このような祖国の文化的危機にあたり、微力をも顧みず再建の礎石たるべき抱負と決意とをもって出発したが、ここに創立以来の念願を果すべく角川文庫を発刊する。これまで刊行されたあらゆる全集叢書文庫類の長所と短所とを検討し、古今東西の不朽の典籍を、良心的編集のもとに、廉価に、そして書架にふさわしい美本として、多くのひとびとに提供しようとする。しかし私たちは徒らに百科全書的な知識のジレッタントを作ることを目的とせず、あくまで祖国の文化に秩序と再建への道を示し、この文庫を角川書店の栄ある事業として、今後永久に継続発展せしめ、学芸と教養との殿堂として大成せんことを期したい。多くの読書子の愛情ある忠言と支持とによって、この希望と抱負とを完遂せしめられんことを願う。

一九四九年五月三日